BORUTO ボルト

BORUTO
×
SASUKE

BORUTO
ーボルトー
NARUTO THE MOVIE
シカダイ
シンキ
いのじん
ユルイ
チョウチョウ
ミツキ
サラダ
ボルト

七代目火影
BORUTO
-ボルト-
NARUTO THE MOVIE

BORUTO
ボルト

岸本斉史
小太刀右京

JUMP j BOOKS

登場人物

うずまきボルト

ナルトとヒナタの息子。ナルトを「クソオヤジ」呼ばわりしている。

うちはサラダ

サスケとサクラの娘。写輪眼を開眼し、火影のナルトに憧れている。

ミツキ

ボルト、サラダと同じ班の忍。

うちはサスケ

火影ナルトを支える友。大筒木カグヤの跡を調査する極秘任務に就く。

うずまきナルト

木ノ葉隠れの里の七代目火影。家族に会えない多忙な日々を過ごす。

キンシキ

モモシキの部下。

モモシキ

世界に散るチャクラを集めている謎の男。

目次

「BORUTO—NARUTO THE MOVIE—」

原作・脚本・キャラクターデザイン・製作総指揮
：岸本斉史
（『NARUTO—ナルト—』集英社ジャンプコミックス刊）
監督：山下宏幸
脚本協力：小太刀右京
キャラクターデザイン：西尾鉄也・鈴木博文
配給：東宝
製作：劇場版BORUTO製作委員会

父へ

序章

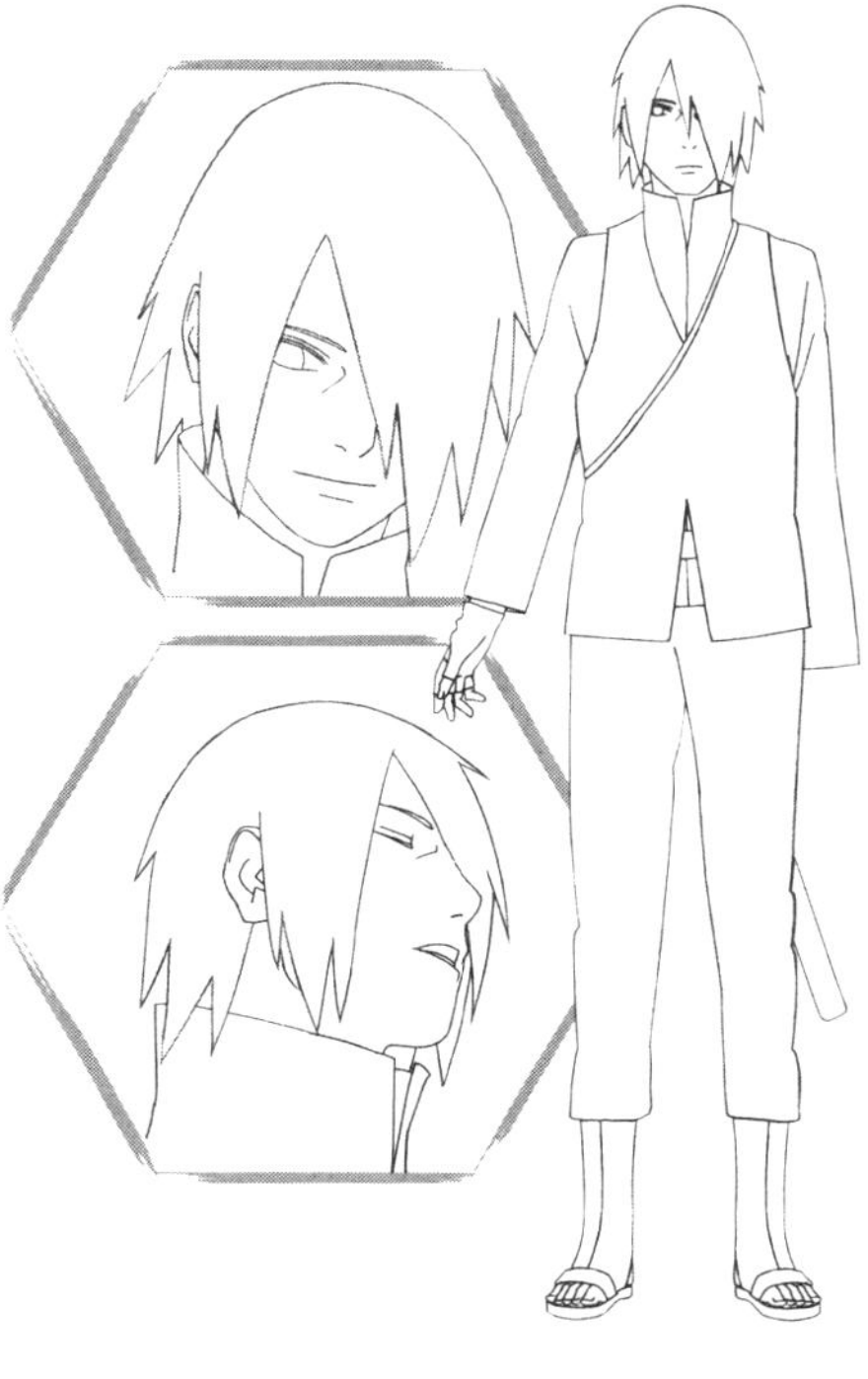

かつて、戦《いくさ》があった。

神話の時代に人々にチャクラの力をもたらした大筒木《おおつつき》カグヤは黄泉還《よみがえ》り、忍《しのび》すべての敵となった。

戦いは忍者たちが伝えるいかなるものよりも激しく、厳しく、そして辛《つら》く苦しかった。

しかし、カグヤは倒れた。

その中心にいたのは、ふたりの英雄である。

片や、木《こ》ノ葉隠《はがく》れの落ちこぼれながら、英雄となった男、うずまきナルト。

片や、木ノ葉隠れの名門うちは一族に生まれながら、数奇《すうき》な運命故《ゆえ》に流転《るてん》の道を歩《あゆ》んだ孤高の男、うちはサスケ。

英雄たちは戦い、忍みんなが勝利した。

それははるか昔、ひとりの祖より発しながら千々《ちぢ》に乱れ、争いを続けてきた忍という人々が手に入れた、初めての団結であったかもしれない。

だが、物語は未《いま》だ幕を引かない。

忍たちの戦いは、まだ続いている。

＊＊＊

ひどく暗い……墨《すみ》をぶちまけたような暗黒だった。

その暗闇《くらやみ》の中を、男はいささかの迷いもなく駆けていく。

男の瞳《ひとみ》は、只人《ただびと》のものではない。

複雑な文様《もんよう》が浮かぶそれは、限られた血統のみが持つ、瞳術《どうじゅつ》の証《あかし》である。

故《ゆえ》に男にとって闇などは、恐れるに足《た》りない。

男の名を、うちはサスケという。

選《え》りすぐった鋼鉄を鍛《きた》えて鋼線とし、その鋼線をさらにより合わせて鍛えあげたような筋肉を持つ忍《しのび》であった。

といって、無駄な筋肉というものはひとつもない。うっすらと脂肪《しぼう》のやわらかさを残した、豹《ひょう》や獅子《しし》のごとき、実用的な筋肉である。

（ここが、大筒木カグヤの城か――）

サスケはかつて、仲間たちとカグヤを討《う》った。カグヤが忍者のことごとくを贄《にえ》とし、そのチャクラを吸いあげようとしたからだ。そのような輩《やから》にかける情けは、もとよりない。

が、その後に、大きな謎が残ったのも、また事実である。

大筒木の民《たみ》は、どこから来たのか。

白《しろ》ゼツと呼ばれる人造忍を用《もち》いて、何をしようとしていたのか。

チャクラの実を収穫することに、どのような意味があったのか。

それはつまり、忍者とは何か、という根源的な問いでもある。

残念ながら、あの日のナルトと六道仙人《りくどうせんにん》との邂逅《かいこう》は一時《いっとき》のことであり、月に住まっていた今ひとつの大筒木の民より得られた情報もわずかであった。

故に、サスケはこの十数年の時を、謎の追究に費《つい》やしてきた。

忍とは、情報収集のために存在する集団だからである。知らずにすませてよいことなど、あるはずがなかった。

そしてついに、サスケは大筒木カグヤの居城とおぼしき遺跡に足を踏み入れたのである。

＊＊＊

(……もう長い間、誰かが住んだ形跡《けいせき》もない。放棄《ほうき》された拠点《きょてん》と考えるべきか)

どれだけ歩いただろうか。

サスケは暗黒の中に、一本の巻物を見いだした。

これ見よがしに置かれている、というわけではない。朽《く》ち果《は》てた無数の巻物の中で、ただ一本だけが原型をとどめていたのである。サスケの非《ひ》凡《ぼん》な観察力がなければ、とうてい見つけだすことはできなかっただろう。

注意深く手に取り、表面が風化していないことを確認すると、帯に手挟《たばさ》む。時の侵蝕《しんしょく》に耐《た》える特殊な処理がされているのは、それが機密文書である傍証《ぼうしょう》であろう。

窓外《そうがい》の夜闇《よやみ》を切り裂いて、雷鳴が奔《はし》った。

と、同時に、斬撃《ざんげき》が来た。

（敵か）

躱《かわ》しながら、サスケが考えることはこれである。

作戦行動中の友軍など考えられない。まして、一般人がいるはずもない。

ならば、敵である。

敵が何者か、なぜ自分を殺すのか。そういう分析は、落ち着いてからやればいい。

振り下ろされた白刃《はくじん》に殺気があって、しかし自分はそれを回避してまだ生きている。

今はそれだけで十分であった。

（千鳥《ちどり》！）

チャクラを練《ね》り、右腕に集積する。

プラズマ化した雷遁《らいとん》がイオンの大気を叩《たた》く、チッ、チッ、チッ、というあたかも鳥の鳴き声のような音が、小気味よく響《ひび》く。

斬撃が、交錯した。

（！）

鬼、であった。

御伽話《おとぎばなし》の中に出てくるような、額《ひたい》から角《つの》が突き出た男がふたり。

巨大な鉞《マサカリ》を手にした大男と、ひどく美しい若い男。

その身ごなしから忍《しのび》、あるいは侍《さむらい》であることは間違いなかったが、その異相には覚えがあった。

（カグヤ……！）

大筒木の一族。彼らには角があった。遠い子孫である自分たちとの、最大の違いであると言ってもよい。

その角を生《は》やした男たちが、カグヤの居城にいる。意味するところは、ひとつしかない。

「貴様、カグヤではないな！」

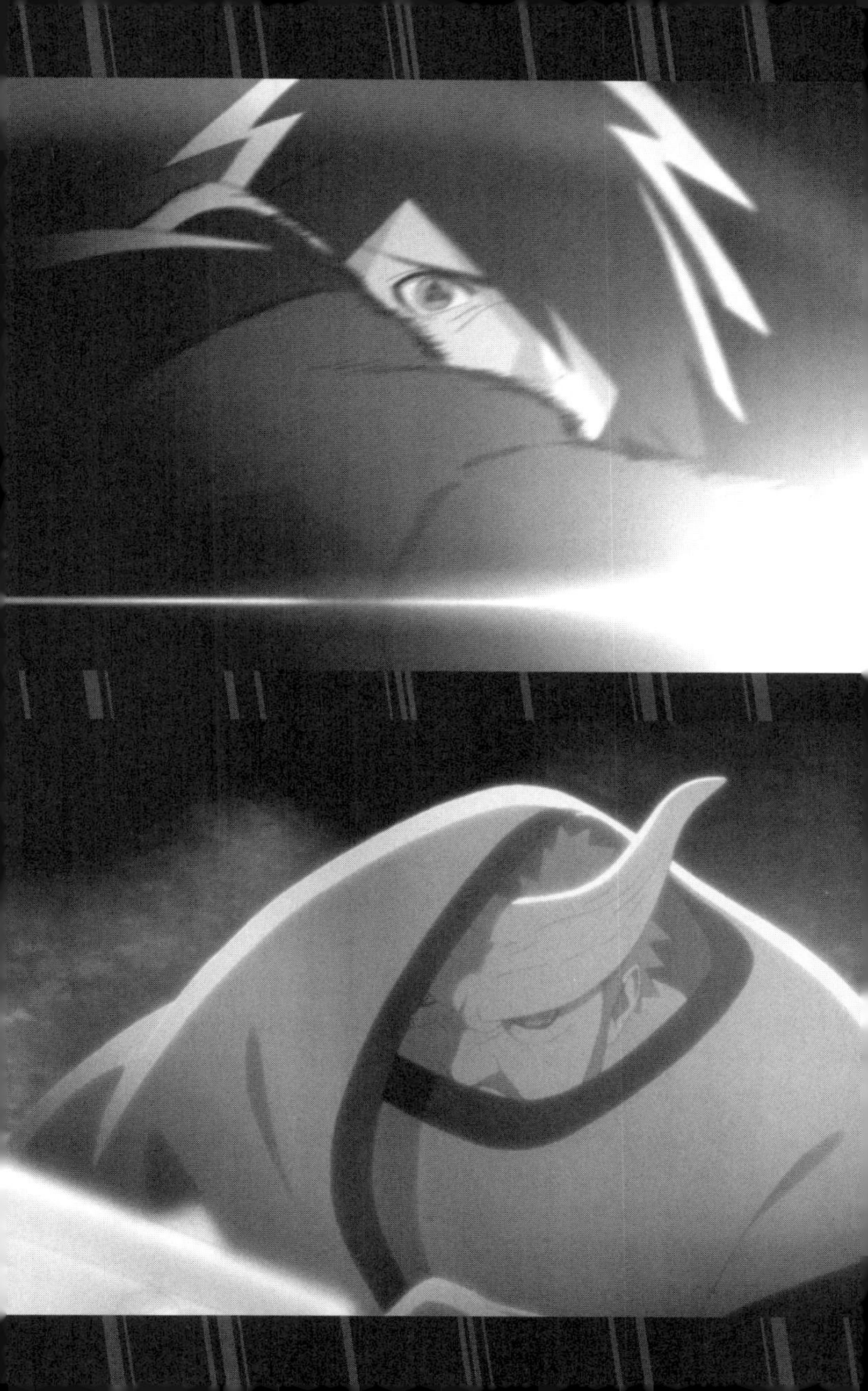

若い男のほうが、誰何《すいか》の声をあげた。切りつけてきたのだから、これは確認であろう。

地を蹴《け》って、再度跳《と》ぶ。

遭遇戦《そうぐうせん》に戸惑《とまど》っているのは、相手も同じと見えた。

（どこまで超常の技《わざ》を使えるかは知らぬが……）

怯《おび》えは、技を殺す。

カグヤとて倒れたのだ。世に、永遠はない。

（頭部を狙《ねら》えば！）

迷いのない裂帛《れっぱく》の飛翔《ひしょう》が、大男の首筋《くびすじ》を狙った。

「！」

男の反応が遅れた、とはサスケは思わぬ。

ただ、サスケが早かっただけのことだ。

人は動作の前に、筋肉がわずかに緊張し、予備動作に入る。この〝おこり〟を、サスケの瞳《ひとみ》は決して見逃《みのが》さぬ。故《ゆえ》に、先《せん》の先を取ることが叶《かな》う。

雷鳴の剣が、闇《やみ》を裂く。

（浅かったか！）

巨漢の角が、宙に舞った。

だが、致命傷ではない。たたらを踏んだ巨漢が、反撃のマサカリを繰《く》り出《だ》す。

（地の利は、奴《やつ》らにあるか）

後ろに跳んで避《よ》けると見せて、上に跳躍《ちょうやく》する。マサカリがかすめ、床に巨大な亀裂《きれつ》が走った。

すさまじい威力だった。

筋肉だけのものとは考えられぬ。何らかの術で、己《おのれ》の肉体そのものを強化しているのだろう。

（組打ちは、不利か）

情報は得た。

サスケには、ここで背を向けるのは卑怯《ひきょう》だ、という発想はない。

忍者にもっとも大切なことは、任務を果たすことである。

今のサスケの任務は、あくまでカグヤにまつわる情報を入手することだ。巻物も得た。大筒木の縁者が策動《さくどう》していることもわかった。ならば、ここに長居をする理由はどこにもない。死んでしまえば、情報をナルトたちに託《たく》すことも叶わぬのだから。

並の忍ならついてくることなどかなわぬ、サスケの疾走《しっそう》である。

が、ふたりはついてきた。
やはり、ただ者ではない。
先の一撃で、城が崩《くず》れ始める。
だが、サスケの足は乱れない。闇の中でも、その走りに惑《まど》いはない。

＊＊＊

城から出た。
立ち並ぶ石像がかつての繁栄《はんえい》を物語る。
サスケは、さらに走る。
走ることは、忍者の本分である。
「逃がさぬ！」
巨漢が、距離を詰めた。
戦斧《せんぷ》が、迫《せま》る。
斬《ざん》！
が、巨漢が切ったのは、サスケの首ではなかった。

先の瞬間まで、そこになかったはずの、巨像の胴である。

「石像!?　入れ替えたのか！」

巨漢、そして少し遅れてついてきた若い男が驚きを露《あら》わにする。

「輪廻《りんね》眼《がん》か」

若い男が、美しい唇《くちびる》を血の色に歪《ゆが》めた。

＊＊＊

永遠の平和、というものはない。

永遠の戦乱がないことと同じである。

が、それは平和のために戦う、という意志を空《むな》しい、と断じるものではない。

逆である。

いついかなるときでも、平時にあって戦《いくさ》に備《そな》え、戦にあってはその終結を望むところにこそ――。

人の、忍《しのび》の、最後の賢明《けんめい》さのようなものがあるのだ。

たとえ、争うことそのものの業《ごう》を克服《こくふく》できないとしても――。

第一章

英雄の子

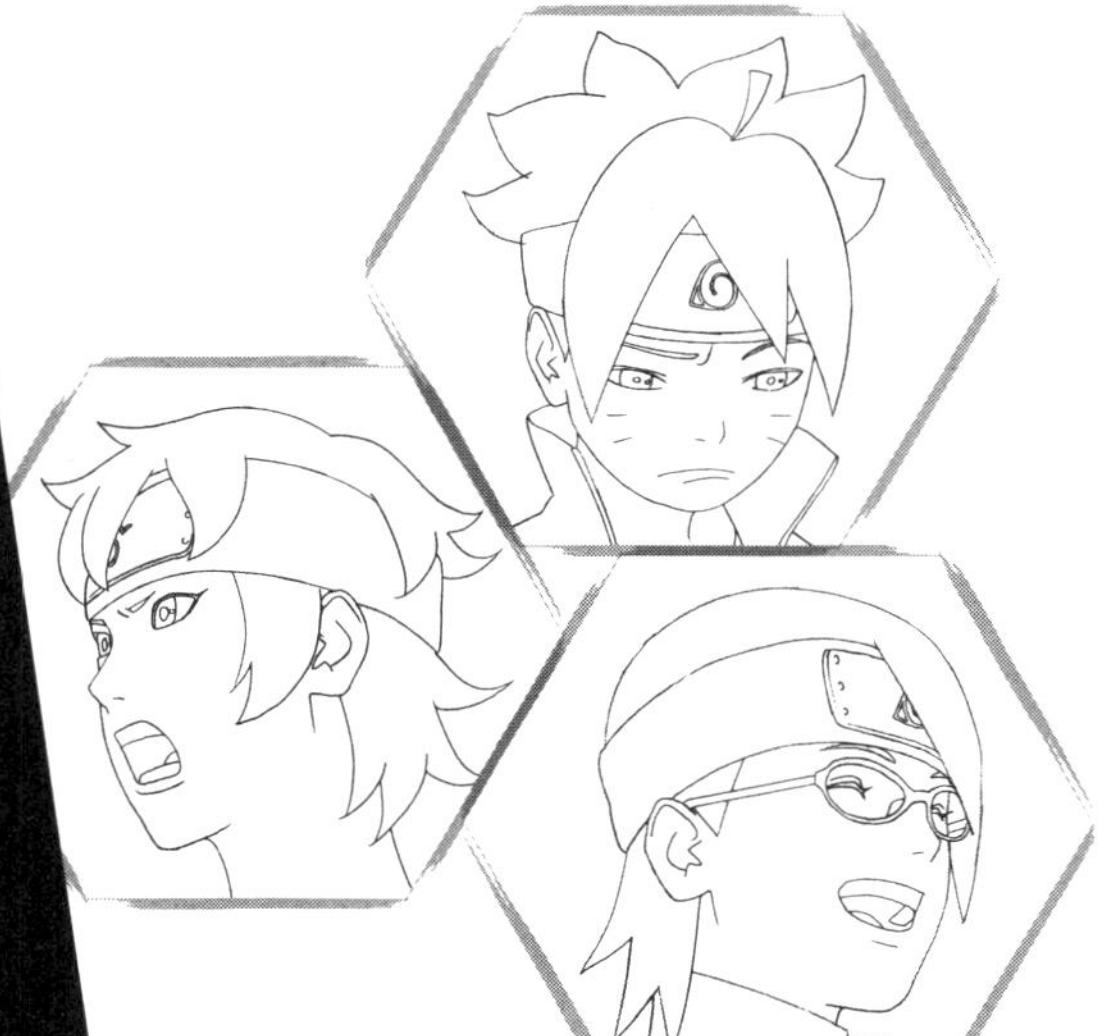

少年はずっと、父の広い背中を見つめていた。


彼の父は、英雄であった。

ただの英雄ではない。

世界を救った英雄である。

七代を数える歴代の火影《ほかげ》の中でも、金文字で記《しる》されるべき、英雄の中の英雄である。

七代目火影、うずまきナルト。

それが彼の父の名である。

あまりにも輝かしい――そして重い名であった。


父が背負《せお》っているものは、自分たち家族だけではない。

それがわからぬほど、少年は子供ではなかった。

「でも、だからって……オレのことを見なくていい理由にはならねえだろ……」

七代目火影

が、そのように感じてしまうことはまた、避けられるものではなかったし、誰が彼を責《せ》められるようなものでも、なかった。

＊＊＊

木《こ》ノ葉《は》隠《がく》れの里のほとんどは、居住区画を取り巻く広大な自然によって構成されている。そこには農耕生産を行う里人たちが住んでいる場所でもあり、木材を初めとする天然の資源を供給する場所でもある。

人の住みかなどは、巨大な森という名の海に浮かぶ、小島に過ぎないのだ。

その広大な森を、少年――うずまきボルトは駆けていく。

父親ゆずりの金の髪と碧《あお》い瞳《ひとみ》、母親に似た優しげな面差《おもざ》しをした少年である。

その額《ひたい》には、忍者の証《あかし》である額当《ひたいあ》てが燦然《さんぜん》と輝いている。

下忍《げにん》――最下級の忍《しのび》となったのは、父の後を追いたかったからなのか、それとも父と決別したかったからなのか。

ボルトには、まだ判然としていない。

父も母も、忍になれとは言わなかったが、周囲がそれを期待していることは間違いなかった。

いや――自分自身、もっと幼い日には、自然に父のような忍者になりたい、と思っていたはずなのだ。

(だけどよ、今は――)

「ボルト、ぼーっとしないで！」

「してねェよ！」

その側《そば》を走るのは、彼とスリーマンセルを組む下忍、同期のうちはサラダである。厚めのフレームのメガネが特徴的な、黒い髪をした物憂《ものう》げな少女である。同期の男忍者の間では最近結構な人気がある、という話だったが、幼なじみのボルトからすれば、

「最近ちょっと背が伸びただけで、いつものサラダじゃねーか」

ということになる。

「ボルト、先行して」

今ひとり、声をかけたのは、同じくスリーマンセルのミツキだ。

姓は知らない。

木ノ葉の人間ではない、という話もある。

どこかからふらりと忍者学校《アカデミー》にあらわれて、いつのまにかずっとクラスの一員だったよ

うな顔をしている、御伽話《おとぎばなし》の座敷童《ざしきわらし》のような生徒だ。

まあ、忍者の組織には秘密が多く、横の連絡は密ではないから、素性《すじょう》の知れない忍など、驚くようなことではないのだ、と、師である木ノ葉丸《このはまる》は語っていた。

実際、そういうものなのかもしれない。

走りながら、印《いん》を組む。

(影分身《かげぶんしん》の術!)

たちまち、走るボルトが三人に増《ふ》えた。

チャクラによって、己《おのれ》と同等の意識を持つ〝分身〟を作り出す影分身の術は、父ナルトが得意とする技《わざ》である。かつては禁忌《きんき》に指定されていたこともあるこの術を、この若さで会得《えとく》しているのは、ボルトの非凡《ひぼん》な才を物語るものである。

が、そのことに誰も驚かないのは、ボルトが
『うずまきナルトの息子《むすこ》』

だからだ。

ナルトの息子が影分身を覚えていたとしても、それは隼《はやぶさ》の子が空を飛ぶようなもので、驚くには値《あたい》しないことなのだ。

それが、ボルトを無性《むしょう》に苛立《いらだ》たせる。

＊＊＊

跳躍《ちょうやく》する。

緑の森を抜けて、青い空が眼前に広がる。

里山にすぐ近い畑では、白と黒のまだら模様の巨大な動物が、もっしゃもっしゃと畑の作物を食べていた。

周囲の畝《うね》には、いささかの緑もない。

光景はノンキだが、農家にとってみればシャレにならぬ事態である。木ノ葉隠れの里から補償金《ほしょうきん》が出る制度がなかったら、冬を越せなくてもおかしくはない。

Dランクとはいえ、忍者に依頼が出るのも当然の事態である。

「荒らしてくれちゃったな……オレが相手だってばさ、このくそパンダ!!」

舞い降りたボルトが三人で見栄《みえ》を切った。

手にしたクナイを構《かま》える。

「これクマだから！」

「あん？」

細《こま》かいことを気にする幼なじみであった。

「凶悪なパンダに見えるクマだから!!」

「よゆーよゆー。ただのダッセーパンダだってばさ!」

「クマだっつってんだろ!!　なめちゃだめよバカボルト!!」

厳密にはクマパンダは食肉目《しょくにくもく》イヌ亜目《あもく》クマ下目《かもく》クマ科クマパンダ属に分類される独立した種である。同様にクマは食肉目（略）クマ科クマ属に、パンダは食肉目（略）クマ科ジャイアントパンダ亜科ジャイアントパンダ属に分類される。その意味では近縁種とも言える。

だが、そんなことはミツキの言うとおり、

「そんなのどっちでもいいことでしょ」

で、あった。

「今はスリーマンセルで木ノ葉丸先生のところにこの……クマパンダを追い込むことが先!」

が、クマパンダが、先に動いた。

「グオオオオオ!」

咆哮《ほうこう》し、ボルトたちに向かって、走る。

人を恐れていないのである。

つまりそれは、放置すれば里人にどのような危害が及ぶかわからぬ、ということだ。

クマパンダの体重は、一トン近い。

それが走ってくるというのは、つまり岩が走ってくるのと同じだ。

「！」

傍《かたわ》らのミツキが、手をまるでロープのように伸ばした。

直接に倒そうというのではない。

投《な》げ縄《なわ》のように足にかけて、クマパンダの突進を崩そうというのである。

「しゃ――んな――……!?」

母親譲《ゆず》りの怪力で殴《なぐ》りつけようとしたサラダを、ボルトのひとりが制した。

「おらあっ！」

残るふたり、影分身のボルトが、クマパンダの顔面を殴りつける。

殴りつけて倒そうというのではない――いやもしかしたらサラダのパンチならやれるかもしれないが、今回の任務の目的はそれではない。

顔面、それも鼻面《はなづら》と目という神経の集中した場所を殴られたクマパンダが、悲鳴をあげてのけぞり、脱兎《だっと》のごとく逃げ始める。

クマパンダの分厚《ぶあつ》い脂肪《しぼう》を拳《こぶし》で貫《つらぬ》くことは、それがチャクラによって強化されてでもいない限り人間には不可能だが、苦痛を与えれば、怯《おび》えさせることはできる。

野生の獣《けもの》は死にたくないからである。

死にたくないのに死地に赴《おもむ》くようなことをするのは、人間だけだ。

「な！　よゆーだろ、あのパンダ！」

サラダを出し抜いたことで、ボルトの頰《ほお》には笑《え》みがこぼれた。

サラダが嫌いだ、というのではない。

そういうことではない。

そうではなくて、つまり、サラダの目はいつも自分を見ているのだから、その前ではいい格好をしたいのである。

張り合い、というやつだ。

たぶん、そうだ。

ボルトが、クマパンダを追って、走る。

＊＊＊

「さすが七代目火影の息子《むすこ》にして、四代目火影の孫……いずれはボルトも火影かな……?」

ミツキがそう言ったのは、イヤミではない。

それは、サラダにもわかっていた。

このとらえどころのない少年は、感じたことをそのまま言うのだ。いわゆる『空気の読めないヤツ』である。

「空気が読めないのは大事だ」

昔、木ノ葉丸はそう言った。

「みんなが空気を読むと、組織全体が破滅の淵《ふち》に堕《お》ちていっても気がつかない。その空気に流されてしまうからだ。空気を読まずに正論を言える人間は、組織には必要なんだ。特に忍者にはな。七代目がそうだった。あの人はいつでも、空気を読まずに正しいことを言った」

まあ、それが不快であることもあるが、ミツキは決して配慮ができないわけではない。

ただ、たいていの場合しないだけである。いつでも、最適解を選び、人が最適解を選ばないとひどく不思議そうな顔をするのだ。

だから、ここでミツキが口にしたのは、客観的な観察である。

サラダの動きのおこりを押さえ、同時に影分身ふたりをコントロールして、俊敏《しゅんびん》なクマパンダの急所を打つ。

およそ、下忍《げにん》の技《わざ》ではない。

中忍《ちゅうにん》……いや、もしかしたら上忍《じょうにん》クラスの動きだ。

だが。

うずまきボルトがあのナルトの息子であるのなら、うちはサラダはあのサスケとサクラの娘である。

そんなことで負けるわけにはいかないのだ。

いや、血の問題ではない。

忍《しのび》の意地の問題である。

「火影になるのは私!!」

サラダも、ボルトの後を追って走りだした。

＊＊＊

時速六十キロメートル。

クマの走る速度である。

クマから走って逃げるのがムダなのは、このためである。当然、近縁種であるクマパンダも、同等、いや、それ以上の速度で走る。

それでもなおついていけるのは、ボルトたちが幼いながらも忍者だからだ。

ボルト、サラダ、ミツキの三人が、クマパンダを半包囲しながら、追い込む。

その先に立っているのは、木ノ葉丸だ。

三代目火影、猿飛《さるとび》ヒルゼンの孫にあたる上忍《じょうにん》である。シャープな刃《やいば》を思わせる、ベテランの忍《しのび》だ。

彼がボルトやサラダの指導にあたっていることからも、三人にかけられた期待がわかる。

その手に巻かれている小手《こて》のような兵器は、ボルトの見たことのないものだった。

先端をクマパンダに向けて、木ノ葉丸が構《かま》える。

影だ。

「ぐおおおお……!?」

クマパンダの影が縛《しば》りつけられ、彼自身の動きをも止めたのだ。

＊＊＊

影を縛《しば》られたクマパンダを、害獣捕獲用の強化ワイヤーで縛りあげるのにはさほどの手間は必要としなかった。

「ありがとうございますありがとうございます」

村人たちは拝《おが》まんばかりだった。

無理もない。

あと数日出動が遅れていたら、村がひとつ消滅していたかもしれない。いやそもそも、人肉の味を覚える前に捕《と》らえられたのは、本当に幸運だった。

「後は回収班が来ますので」

「あの……木ノ葉丸先生……」

サラダが、不思議そうに木ノ葉丸を見ていた。

「ん？」

「さっきのクマを留《と》めた術……あれって奈良《なら》一族の秘伝忍術の影縛《かげしば》りの術ですよね……？」

「ああ」

木ノ葉丸は、村人たちが遠ざかったのを確認すると、先ほどの武器を取り出した。

「術を打ち出す小手《こて》型の忍具だ」

左手には、小さな弾丸状になった巻物がある。弾弓《だんきゅう》と呼ばれる、弦《つる》で小さな石の弾丸を打ち出す忍具の弾《たま》に似ていないこともなかった。

「……かっけー！」

ボルトはその道具を見て、自分の心のワクワクを抑《おさ》えられなかった。少年はメカが好きだ。武器も好きだ。メカで武器なら、堪《こた》えられない。

「もしかして、それってうわさの新忍具ですか？」

「耳が早いな。ミツキ。いかにも科学忍具班の試作品だ。これのデータ取りも今回の任務の内だったってこと」

「ずいぶん小さい巻物ですね……コレにあの術が入ってるってことですか？」

「こいつには、忍術を封印できる。今のはシカマルさんの影縛りを封じてた」

なるほど、とサラダが小さくうなずいた。奈良一族の若き頭領、シカマルの術ならば何もおかしなことはない。

木ノ葉丸はひとつを残して巻物をしまった。

「これがオレの螺旋丸《らせんがん》なら……」

木ノ葉丸の右手に螺旋丸が浮かびあがる。

かつてボルトの父ナルトが自来也《じらいや》なる忍術の達人より伝授され、それをまたナルトが木ノ葉丸に伝えた術だという。超高密度のチャクラの渦《うず》を生み出し、物体を破壊する技《わざ》だ。

ボルトにも、螺旋丸はできない。

何度か真似《まね》をしようとしてみたが、とっかかりすらつかめなかった。チャクラの精妙な操作が、わからないのだ。

その螺旋丸を、木ノ葉丸はこともなげに作り出し、左手の巻物の中に封印していく。

ふたたび木ノ葉丸が小手を構えた。巻物を、小手のカラクリ部分に装填《そうてん》する。

「こうして……」

「発射できる！」

言うが早いか、螺旋丸が小手の先端から打ち出された。木々をなぎ倒し、疾風《しっぷう》のごとく飛んでいく。

「おおおおお！」

ボルトの感嘆《かんたん》いかばかりだろうか。

螺旋丸を手元から飛ばすためには、ナルトですら相当の修業を必要とし、風遁《ふうとん》と組み合わせる必要があったのである。この忍具を使えば、一瞬でやってのけることができるのだ。

冷静なサラダですら、驚きを隠せないようだった。

「す……すごい。誰にでも使えるんですか？」

「ああ……チャクラの有無《うむ》は関係ない……極端な話、忍者じゃなくても」

「木ノ葉丸先生」

ミツキが、木ノ葉丸の袖《そで》を引いた。木ノ葉丸は気づかず、説明を続けている。

「弾道制御《せいぎょ》が己《おのれ》のチャクラと無関係だから、狙《ねら》いが多少逸《そ》れるのが問題ではあるが……」

多少ではなかった。

どうやら、意図どおりの狙いではなかったらしい。破壊された木が倒れていき、すぐ側《そば》にあった農家を粉砕《ふんさい》した。

「…………」

向こうでクマパンダを取《と》り囲《かこ》んでいた農家の人々が、怒《いか》りに燃えた目でこちらを向くのが、見えた。

＊　＊　＊

液晶テレビから、聞き慣れた声が響《ひび》いていた。

テレビが平たい液晶になったのはいつのことだっただろうか、とボルトは記憶の糸をたぐった。

自分が物心ついた頃には、一楽《いちらく》のテレビはブラウン管だったように思う。今でもブラウン管だっただろうか。でもそれだとデジタル放送が入らないだろう。だとするともう液晶なのか。いやそもそも、最初から液晶だったのだろうか？

（忍者に必要なものは、記憶力だ）

木ノ葉丸の説教が脳裏《のうり》をよぎった。

『――この高度情報化社会がもたらした平和と繁栄《はんえい》を守り続けなければならないのです。そしてこの度《たび》、いよいよ本格的に五つの里が共同開催することになった中忍《ちゅうにん》試験についてですが……下忍《げにん》の皆さんに、何かコメントはありますでしょうか？　ナルトさん』

モニターの中で、清楚《せいそ》な美貌《びぼう》で人気のあるニュースキャスターが、笑顔でマイクを差し出していた。

差し出す相手は、見なくてもわかる。

父だ。

『大切なのはみっっつ！　チームワークと根性……』

ドヤア、とアップになった父の目が、泳いだ。

みっつめが思いつかないのだろう。

いつもそうだ。

我愛羅《ガアラ》やシカマルのように、雄弁家ではないのだ。

いい加減自覚しろ、と思う。

朝起きたときに靴下を履《は》かなくて、母さんに怒られるのだって、いい加減覚えればいいのだ。

『根性です！　がんばってくれってばよ！』

『……ふたつでしたね。すばらしいコメント、ありがとうございました。今日は生《なま》放送でお送りいたしました』

ニュースキャスターはさらっと流した。

プロの技《わざ》だった。

＊＊＊

画面内のナルトが、ボン！　と消えた。

影分身《かげぶんしん》である。

別におかしなことではない。

分身の発動時に意識の並列化が行われる影分身は、その気になれば（なるのが難しいのだが）、複数並行での〝同一人物〟による作業を可能にする。

現在もナルトは各地の工事現場やら訓練現場やらで働きつつ、日常の雑務をこなしているはずだ。

ここまでの影分身ができるのは、ナルトの膨大《ぼうだい》なチャクラ量によるものである。

それは父が、〝尾獣《びじゅう》〟と呼ばれるあやかしを体内に宿しているからだ。

そのような生まれであった故《ゆえ》に、父が苦労した、という話は散々《さんざん》母たちから聞かされている。

だが――。

「おい、聞いてるのかボルト！」

「聞いてんよ」

ニュースを映《うつ》すテレビの脇《わき》には、所狭《ところせま》しと積み上げられたコーヒーの空《あ》き缶と、栄養ドリンクの空きビンの山。

それは、無数の影分身を維持《いじ》し、それらの意識を〝統合〟して意志決定を行うという超人的行為の代償《だいしょう》だ。

「ここにいる父ちゃんも、影分身じゃねーだろうな？」

「火影室だぞ！　そんなわけあるか！　それにここでは父ちゃんじゃなく、火影様か七代目だ！」

ナルトは怒っていた。

そりゃ怒るだろう、とボルトも思う。

先ほどの任務は失敗と判定されてもおかしくないレベルの被害であった。

木ノ葉丸のおいろけの術でごまかして遁走《とんそう》したのがまたよくなかった。

だから怒られているのは、木ノ葉丸班の全員である。

（先生は時々、ガキみたいに調子乗るよな……）

ここでナルトがきちんと説諭《せつゆ》しなければ、それこそ自分の息子《むすこ》をひいきしていると認識されかねない。わざわざ火影室に呼び出すのも理解できる話だ。

自分が同じ立場でもまあ、怒るだろうな、と思う。

だから、イラッとするのだ。

そういうことでは、ないだろう。

大人《おとな》の理屈を優先するのが、うずまきナルトなのか。

「まぁ……カンタンな任務でございやしたよ！　オレひとりだってやれたんだこんな任務！」

「忍《しのび》として大切なのはチームワークと根性だ！　修業も三人で連携を……」

「修業なんてしねーでも、オレってばいきなり影分身で三人になれたし、風遁《ふうとん》に雷遁《らいとん》、最近は水遁《すいとん》だって」

これは事実だった。

うずまきボルトといえば天才肌《てんさいはだ》である。

やればできるのだ。

父親から受《う》け継《つ》いだチャクラ量もあるが、母、ヒナタから受けた日向《ひゅうが》の血だろう、と言う者は多い。日向といえば、木ノ葉でも随一《ずいいち》の名家である。その令嬢たるヒナタより受け継いだ血ならば、そのような天才性を発揮することもおかしなものではない。

おかしなものではない。

だから、それは評価に値《あたい》しない。

そういう、ことなのか。

「木ノ葉丸！　お前こいつにいつも何を……！」

ナルトの怒声《どせい》が、遠くに聞こえた。

「い、いやあ、ハハハ」

「今、先生はカンケーねーだろ!!」

違う。

見てほしいのは、そこじゃない。

上司と部下の関係とか、忍軍《にんぐん》の中の政治とか。

そういうことではないのに。

「忍として大切なのは……!」

……わかるとは、思えなかった。

「それより父ちゃんとして大切な日だろ、今日は……わかってんよな?」

ボルトはつとめて怖《こわ》い顔を作り、机をバン! と叩《たた》いた。

そんなもので百戦錬磨《れんま》のナルトがビビるとも思えなかったが、男の子に必要なのは、気合だ。

「妹の誕生日まで忘れたら、オレが許さねェ……」

自分の誕生日を仕事で流されたのは、許せないが許す。

妹のヒマワリは、まだずっと幼いのだ。

父親であることと火影であることの違いを理解できるはずもないのである。

「…………」


ナルトはようやく、切なげな顔をした。

そういう顔になってもらわなければ、困るのだ。

それが少年の一番大切なことだった。

だから、側《そば》に立つサラダが、どこか哀《かな》しそうな顔で少年の横顔を覗《のぞ》いていることなどには、気づかないのだ。

＊＊＊

緊張した空気が途切《とぎ》れたのは、科学忍具班班長の男、カタスケが部屋に入ってきたことによる。

〝インテリ〟という言葉が服を着て、おまけに蝶《ちょう》ネクタイを締《し》めているような男だ。七代目の代になって頭角をあらわした人物である。

「科学忍具班班長として七代目に折りいってお願いがございまして……」

カタスケはボルトたち木ノ葉丸班がいるのも構《かま》わずしゃべり始めた。

「この度《たび》の中忍《ちゆうにん》試験に我々の科学忍具の使用を許可していただきたいのです」

オーバージェスチャーなポーズで、カタスケが取り出したのはあの小手《こて》だった。クロームメッキが施《ほどこ》されていて、いかにも重厚で格好いい。壁に掛けられた傷だらけの手裏剣《しゆりけん》が、古めかしく、ダサく見えた。

「上位者の忍術をコピーし射出可能なこの小手を、規格化して量産し配備することで、下《げ》忍《にん》に過酷《かこく》な修業をさせることもなく、個人の忍術の幅も広がります！　パフォーマンスとしてもハデになりますし――」

だが、ナルトの返答はにべもなかった。

「ダメだ」

「なぜですか、火影様」

「中忍試験はパフォーマンスじゃねェ……忍《しのび》を育てるためのもんだ。その忍具の有用性は認めるが、中忍試験にそんなもん使っても試験にはなんねェだろ。小隊運用に今のところ関係ねェんだからよ」

ナルトの言葉は正論である。

中忍試験が審査するのは、小隊指揮官としての指揮能力である。

誤解されがちだが、下忍と中忍の間に横たわっているのは戦闘能力、ケンカの強さの差ではない。

秘密工作員としての忍者に求められているのは、部下を生還させ、任務を達成させる能力だ。中忍以上の忍者たちは個人戦闘〝にも〟優《すぐ》れている、に過ぎない。

だから、小手が下忍たちに配備される制式忍具になれば、それを運用するための知識や技術を中忍試験で問う日も来るだろう。だが、それは今ではない。

が、ボルトには納得できなかった。

有用な技術なら、使えばいい。

かつてのように、テクノロジーが大陸全体で停滞《ていたい》していた時代とは違う。

平和の到来は、これまで秘匿《ひとく》されていた軍事技術を一気に民生へと流し込み、その技術がさらに軍事技術にフィードバックされる技術革新の世を生んだ。

その嵐の中で生きているボルトからすれば、父親の慎重《しんちょう》さは、迂遠《うえん》な老害と映《うつ》るのだ。

自分たちの時代そのものを直視していない、と感じられるのだ。

「父ちゃんのダッセー時代とは違うんだよ」

父親の顔を見たくなくて、木ノ葉丸の制止も振りきり、ボルトは部屋を出た。背中をナルトの声が追ってきたが、声だけだった。

＊＊＊

廊下を追ってきたのはナルトでも木ノ葉丸でもなくて、カタスケだった。

知らぬ仲ではない。

いろいろと、世話になっている間柄《あいだがら》だ。

火影の息子《むすこ》も悪いことばかりではない。役得はある。

「新作のデータです」

カタスケが笑顔で差し出した、いかにも業務用の無骨《ぶこつ》なメモリーカードを、ボルトは無《む》造作《ぞうさ》にポケットにしまう。

「いつもサンキュー！　次の新しいソフトのやつも頼むってばさ」

「もちろんですとも……ところで若《わか》も、中忍《ちゅうにん》試験には志願なさるのでしょう？」

中忍試験、という単語が出て、ボルトは露骨《ろこつ》に不機嫌《ふきげん》になった。

下忍《げにん》になったところで何も変わらなかった。

それが中忍だったら、どうだというのだ。

「……出ねえよ」

「それは残念ですねェ……」

が、カタスケは慣れたものだった。ボルトのかんしゃくをあしらいなれた顔で、人好きのする微笑《ほほえ》みを浮かべる。

技術者にありがちな独善的な人物ではない。プレゼンのうまさと卓越《たくえつ》した社交性、コミュニケーション能力で、若手の技術者の間でも一目《いちもく》置かれているのは伊達《だて》ではない。

「皆さん若の実力を見たいでしょうに。特に……お父様は」

お父様、という言葉が、ボルトの耳をわずかに動かした。

「中忍試験って……火影も観戦すんのか？」

「もちろんですよ」

カタスケはにっこり微笑んだ。

＊　＊　＊

大理石の城塞《じょうさい》に、真紅《しんく》の血がしぶく。

巨大な剣がうなり、猪《いのしし》とも豚《ぶた》ともつかぬ、醜悪《しゅうあく》な緑色の肌《はだ》をした巨漢の首が飛んだ。

「いのじん！　オーク二匹、そっちへ行ったぞ！」

「任《まか》せて！」

純白のローブを纏《まと》った美少年、山中《やまなか》いのじんがその手にした樫《かし》の杖《つえ》を振り上げると、果たして巨大な電光の槍《やり》が通路を貫《つらぬ》き、その通路上にいた豚鬼《オーク》二匹を貫通する。

「これでこのエリアはほとんど片づいたな……」

白銀に輝く板金鎧《プレートメイル》を身に纏った剣士、奈良シカダイは回廊の周囲を油断《ゆだん》なく見回した。

「ン……!?」

シカダイの鍛《きた》えられた知覚力《パーセプション》は、掃討《そうとう》したはずの回廊の奥から聞こえてくる小さな地響《じひび》きを聞《き》き逃《のが》さなかった。

(オレのスキルでかろうじて聞こえるこの音……！ 四足……スピード……まずいぞ！)

十メートルを超える巨大な頭部が、のっそりと姿をあらわす。蝙蝠《こうもり》の翼《つばさ》と、黒曜石《こくようせき》のごとき鱗《うろこ》を持つ、四足の巨大な蜥蜴《とかげ》。

黒竜《ブラックドラゴン》だ。

(それも、古竜《エルダー》かよ！ くそ、乱入率一パーセントのレアモンだが、適性レベルには20は遠い……！)

その酸の吐息《といき》を浴びせられれば、軽装甲《けいそうこう》のいのじんはもちろん、重装甲のシカダイですら蒸発してしまうことは疑いない。

遺憾《いかん》ながらミッション放棄《ほうき》、最低限の経験値だけをもらっての撤退《てったい》を考え始めたそのとき。

「ドロップ品をあきらめるこたねーってばさ」

シカダイの脇《わき》からあらわれたのは、別方向の豚鬼《オーク》たちを掃討していたはずのボルトであった。

「お、おい」

「やってやるって」

「いや、おまえ軽戦士《ライトウォーリア》だろうが!?　あいつとの対戦ダイアグラムは最悪だぞ!」

「任せとけ!」

「ボルト!」

シカダイといのじんの制止も聞かばこそ、ボルトは巨竜《きょりゅう》目がけて突進する。

「グォォォォォォン!」

竜の巨大なあぎとが開かれた。

回廊全体を覆《おお》い尽《つ》くすほどの、酸の奔流《ほんりゅう》が吐《は》き出《だ》される。

(死んだか……?)

遮蔽物《しゃへいぶつ》の陰《かげ》からおそるおそる身を乗り出したシカダイが見たのは、しかし、予想したボルトの無惨《むざん》な死体ではなかった。

「いっくぜー！」

いつのまに跳躍《ちょうやく》したのか、竜の鼻先に跳躍したボルトが、その両目を手にした二本の剣でえぐっていたのだ。

「ンなッ!? 《軽装鎧《よろい》習熟Ⅲ》と《二刀流マスタリーⅣ》、それに《両手利《き》き》と《ワンハンドマスタリー》のシナジーかよ！」

「持ってる剣は〝シャドウウィーバー〟と〝ローフルブリンガー〟だね。《両手剣》スキルが75以上じゃないと常備化できないやつだ」

「最新エキスパンションの装備じゃねえか！」

驚愕《きょうがく》するふたりの眼前で、ボルトは黒と白の魔剣と聖剣を振り下ろし、巨大な黒竜《ブラックドラゴン》を両断する。

虚構の戦場に、「クエスト・コンプリート」の文字が躍《おど》り、ファンファーレが響いた。

＊　＊　＊

「よっしゃー！」

携帯ゲーム機を手に、ボルトが快哉《かいさい》を叫んだ。

「見ろよ、レアモンスター討伐《とうばつ》だぜ！」

「すごいすごい。ありがとう、ボルト」

「よくあそこまでレベル上げたな」

「いやいやいやいやいやいや。実力だってばさ」

山中いのじんと奈良シカダイは、ボルトの気の置けない友人である。

任務が終わった後、ハンバーガーショップの隅《すみ》で携帯ゲームにふけるのは、彼らのささやかな娯楽である。

急速に発達したコンピュータ技術は、電子ゲームというこれまで考えられなかった遊びを生み出した。バーチャルな世界で自分とは違う何かになり、冒険するという喜びは、子供たちの心を捕らえた。

「よーし、次は先週配信された強化モンスタークエストいこうぜ！　一楽とコラボした防具出るやつ！」

「いいね」

「……ボルト」

次のステージを選ぼうとしたボルトの前に、すっと書類が突き出されていた。顔を上げると、ミツキのクールな美貌《びぼう》。

「ゲームでも大活躍のようで」

「なんだよミツキ……オレは出る気ねーっつったろ！」

ボルトは露骨《ろこつ》に嫌《いや》な顔をした。ミツキの言葉が嫌味《いやみ》に取れたのもあったが、ミツキの隣にサラダがいるのも、なんだか面白《おもしろ》くなかった。

「木ノ葉丸先生に頼まれたの」

「中忍《ちゆうにん》選抜試験はスリーマンセルが原則だよ。君が書かないと出られない」

正論である。

小隊三名で志願しなければ出られない以上、ボルトが試験を受けないということは、サラダとミツキの昇進への道も閉ざされる、ということである。

小隊ひとつの意志すらまとめられない者が、指揮官たり得るはずがないのである。

「知るかよ」

が、今のボルトには、それにどのような価値があるのかわからなかった。

それが、メガネの少女をひどく苛立《いらだ》たせる。

「あんた」

サラダの右腕が、ボルトの胸《むな》ぐらをつかんで、ハンバーガー屋の安いプラスチックの椅《い》子《す》から浮かせた。

「火影になるのは私の夢なの……その夢のジャマをするっての……！」

ぐっ、と吐《と》息《いき》がかかるほどの距離で、少女の真摯《しんし》な瞳《ひとみ》が、ボルトの碧《あお》い瞳をにらみ据《す》えている。

夢に向かってまっすぐであるが故《ゆえ》に、その怒《いか》りもまた、深かった。

「オレは火影に……！」

その細い手首を、ボルトが払う。

火影、という言葉がボルトを激発させたのである。なりたい、というのが理解できなかったのだ。

「！」

「なりたくもねえ！」

その言葉がまた、サラダを激怒《げきど》させた。

バン！　とテーブルを叩《たた》き、テーブルを半壊《はんかい》させる。シカダイといのじんが慌《あわ》ててゲーム機を退避させた。

「火影は世襲《せしゅう》制じゃないわよ！」

「ああそうかよ！　てめーが火影になるのは勝手だが一生ひとりでいろ！　火影のせいで

その周《まわ》りが迷惑すっからよ！」

「………」

かみ合っていない会話ではあったが、少女はボルトが何に怒っているのかを察して、沈黙した。

が、その沈黙の意味は、怒りに囚《とら》われているボルトには、伝わらないことである。

「ボルトォ……」

幼なじみふたりの口論にうんざりしたいのじんが、ゲーム機を手に声をかけた。

「こっちも三人揃《そろ》わないと次いけないいんだけど……？　君いないと倒せそうにないいんだよね次のボス」

「あー」

すでにゲームをやる気は失《う》せていた。

「ならオレのデータやるよ……こっちのほうが短縮できて楽チンだってばさ」

「イヤ……それもらうってのはちょっと」

「いいぜ、もらったデータだし」

「え？」

いのじんとシカダイの顔が一瞬困惑《こんわく》し、やがて落胆《らくたん》に変わった。

「……なんだ、クソチートじゃん」

ひどく冷たい目をしたふたりが、立ち上がる。

「あれ……帰んのかよ？」

「ああ……母ちゃんの目を盗んでコツコツレベル上げるから楽しーんだよ……」

シカダイの目には、ボルトに対する露骨な軽蔑《けいべつ》の意志があった。

他人の努力の結果を、不正な手段で入手しようとする人間に対する、正当な批判《ひはん》の視線である。

が、このときのボルトには、その意味がわからなかった。

＊＊＊

ハンバーガー屋のオヤジが机の破壊を許してくれたのは、自分が火影の息子《むすこ》であるからだ。

それは気恥ずかしいことであったから、ボルトは行きつけのコンビニの前で、コーヒーマシンの入れたブラックコーヒーを飲みながら、空を見上げている。

あまり、いやかなり苦《にが》くてうまくはなかったが、そういうものを飲むのが、大人《おとな》だと思っているから、飲む。

「せめて志願書は揃《そろ》えないと……チームワークだよ、ボルト」

ミツキは余裕綽々《しゃくしゃく》、という顔でエスプレッソなど飲んでいる。

「あのさ」

なぜついてきたのかわからない、いや本当はわかっているがわからないことにしている、そんな相手であるところのサラダが、じっ、とボルトを見つめていた。

先ほどの怒《いか》りの色はない。ボルトを案じてくれているのだ、とわかった。

さすがにそのような好意にまで目が向かないほど、ボルトも鈍感ではない。

「ねえボルト……」

レンズごしに、サラダは自分を見ていた。

「私たちのすごいところ、火影様に見せつけてやろーよ！　この試験で!!」

見る。

父が自分を見る。

＊＊＊

少し前。

火影岩《ほかげいわ》に派手な落書きをして、父親にどやされたことがある。

まだ下忍《げにん》になる前だ。

「お前だけの父ちゃんじゃいられねーときもある」

それが、父の言葉だった。

それは、わかる。

あのときほど露骨《ろこつ》に、父の気を引きたい、とは思わなくなった。

だが同時に、あの父に一泡《ひとあわ》吹かせたい、首根っこをつかんでこちらを向かせたい、とは思うのだ。

（すごいところ）

それが何かはわからないが、自分はなにせ天才なのだ。

それくらい、あるはずだ。

＊＊＊

「そういや」

サラダに話を振ったのは、少し機嫌《きげん》がよくなったからだ。

「お前の父ちゃんは見に来んのか？」

が、サラダの反応は目に見えて冷淡だった。フン、と鼻を鳴らして、冷たくメガネを光らせる。

「火影になれなかった人なんか」

「いや、父ちゃんが前に言ってたけどさ……サスケおじちゃんは、もうひとりの火影だって」

「七代目様は謙遜《けんそん》されてるのよ！」

すっかり攻守が逆転した構《かま》えだった。

コンビニから出てきた子供がじーっとふたりを見つめ、親らしい女性が慌《あわ》てて引っ張っていく。

およそ、伝説の英雄の子供ふたりの会話ではない。

「そういうこっちゃなくてよ」

火影はどうでもいい、と思っていたが、サスケをバカにされるのは何か違うのではないか、と思えた。ただひとり世界を相手に戦えるとすら父は言っていた。それほどの忍《しのび》がなぜ火影にならなかったのか……なぜあんな男が火影なのか、とは思うが、

（父ちゃんはそりゃあ出世したんだろうが、それとサスケさんは関係ねーってばさ）

ふぅ、と小さなため息をついて、ミツキがにらみ合うふたりの間に割って入った。

「サスケさんは七代目火影と対等に渡り合える唯一《ゆいいつ》の忍だって言ってたよ」

「「誰が……？」」

ふたり同時の疑問に対し、ふっ、と、普段無表情なミツキが珍しく得意げな表情を作った。

「そりゃあ」

「そりゃ？」

「君たちのご両親よりすごいボクの親がね……」

一瞬、ボルトもサラダも意味を理解できなかった。

ミツキは突拍子《とっぴょうし》もない人間だが、子供じみた虚勢とはあらゆる意味で無縁の男だ。

つまり、ミツキの親はナルトとサスケを超えている、と確信している、ということになる。

それは「オレの父ちゃんのほうが強いもーん」と幼児が口走るのとは違うことだ。

「何です？」

じ――っ、とミツキを見つめるふたりの視線がよほどおかしかったのか、白皙《はくせき》のチームメイトは首をかしげた。

「いやその」

「?」

「お前の親って……ゴメン、聞いたことねーんだけど」

「私も聞いたことない」

「ああ!」

ミツキはぽん、と手を打った。

何か小さな伝言を伝え忘れていたような、そんな気軽さであった。

「僕の親は」

ちょうどそのときだった。

ボルトの耳に、太陽のように暖かい声が飛び込んできた。

「お兄ちゃん!」

「ヒマワリ!」

道の向こうでぶんぶんと手を振っていたのは、彼の幼い妹、うずまきヒマワリだった。

その後ろには母、ヒナタもいる。

もはや、ミツキの親の話などどうでもよい。

ボルトは満面の、本当に満面の笑顔を浮かべた。

隣にいたサラダが、あまりにも無防備で、開《あ》けっぴろげな好意の表情に、思わず胸を高鳴らせてしまうほどに。それは少年の持つ、鮮《あざ》やかなまでの善意のあらわれだった。確かにそこには、父ナルト譲《ゆず》りの、誰かの心を暖かくする優しさがあった。

＊＊＊

「悪《わ》りィ、オレ先帰るわ！」

そう言って走りだすボルトの背中を、サラダはずっと見ていた。

「ボルトってあんな顔もするんだね」

しみじみと言うミツキの言葉も、聞こえていたかどうか。

それほどに魅力的な背中だった。

確かにそれは、七代目の背中に似ていた。

第二章

喪失

扉を開く。

いなければならない、いてくれなければならない男の姿がそこにあった。

「ヨウ」

少し照れくさそうに、七代目火影《ほかげ》……うずまきナルトは不器用な笑《え》みを息子《むすこ》に、そして娘に向けた。

＊＊＊

それは、夢のような時間だった。

父がいて、母がいて、笑顔の妹がいて。

誰も寂《さび》しくない。

オーブンから取り出される熱々の大きなチキン。

目を輝かせるヒマワリ。

クラッカーのまき散らす紙吹雪。

いつになく楽しそうな母。

そして、それを暖かく見守っている父。

ずっと続けばいい。

このようであればいい。

そう思った。

そう願った。

＊　＊　＊

だが。

鉱山で、忍具開発局で、テレビ局で、駅舎《えきしや》で、獄舎《ごくしや》で、書庫で、ありとあらゆる場所で。

他の見知らぬ誰かの家族を守るために、誰かの家の暖かさを守るために。

戦い、そして働き続ける男の意識が、そこでついに途切《とぎ》れた。

＊＊＊

まるで、線香花火が燃《も》え尽《つ》きるときのように。
輝いていたナルトの姿が、消える。
その瞬間。
ナルトの手にあった、母の焼いたバースデーケーキが、ぼとり、と落ちて。
砕《くだ》けて。
ヒマワリの笑顔が、涙に変わって。
その後のことは、よく覚えていない。
灼熱《しゃくねつ》の炎のような涙が目から溢《あふ》れて、足は、床を蹴《け》っていた。
怒《いか》りが、全身を支配していた。
許せなかった。
許せるはずがなかった。
父の子への愛が、影分身《かげぶんしん》の幻《まぼろし》であったなどと。

＊＊＊

「ボルト！」

半《なか》ば抱きしめるように、母が自分を押しとどめていた。

よほどの剣幕《けんまく》だったのだろう。

「はなせ母ちゃん！」

「お父さんは、里の皆のためにずっとガンバってる。決してあなたたちをないがしろにしてるわけじゃないの！」

母の瞳《ひとみ》が、揺れていた。

わかっている。

母とて、耐《た》えているのだ。

だが。

それはそういうことなのか。

里の皆、の中には自分たちは含まれないのか。

含まれないとすれば、火影とは何なのか。

火影という偶像《ぐうぞう》、あの山に刻《きざ》まれた顔、システムに取り込まれた存在なのか。

「なんで！」

そんな、形にならない疑問が、渦《うず》を巻いて、火山のマグマのように、ボルトの中から噴出した。

「なんで、オレの父ちゃんが火影なんだよ!?　一日中机の前でえらそうにしてるだけだろ!?　シカマルおじさんでも、サクラおばさんでも、誰でもいいじゃねえか!!」

「大変な任務なの」

母が、目を伏《ふ》せた。

「……代々伝わる、里にとって、とても大切な存在なのよ」

「じゃ、火影の子供たちにも代々このくだらねえ状況をありがた〜く伝えてきたんだろーよ！」

言葉が、走った。

もう止められなかった。

わかっていた。

わかっていたが、ダメだった。

ダメに決まっている。

他に何があるのだ。

「そういやじいちゃんも火影だったって言うけどさ、父ちゃんがガキの頃は火影のじいちゃんはこの世にもういなかったって言うじゃん！」

吼《ほ》える。

「そしたら親子のこの楽しい状況も知らずにすんでたんじゃねーのかなあ！　父ちゃんだけはさ！」

叫ぶ。

「こんなんなら」

呪《のろ》う。

「火影の親なんて最初からいねーほうが——」

「確かに大切な日にお父さんがいないのはさみしいけど……」

母の頬《ほお》を、一筋の涙が伝った。

「！」

わかっている。

母も人間だ。

自分と同じ人間だ。

越えてはならない一線がある。
今自分は、母の一番大切な人を、ののしっている。
それくらいのことは、ボルトにもわかっている。
だが。
わかっているから。
だから。
英雄の息子《むすこ》だから。
忍《しの》び堪《た》え続けることには、やはり、限度があった。
「アナタはお父さんのときとは違う……アナタにはお父さんがいてくれる」
それくらいのことは、知っている。
父は孤児だった。
両親を、里を襲《おそ》った災害で失い、たったひとりで生きてきた。
だから、自分は父よりもずっと恵まれているのだ。
しかし人の不幸というものは、本質的には他者を理解することで癒《いや》せるものではない。
自分の悲しみは、やはり自分だけのものだ。
「……オレはいいんだ……ヒマワリには……」

肩を落とし、拳《こぶし》を震わせるボルト。

いや、そういうことではない。

どういうことなのか、説明できないだけだ。

大人《おとな》でありたい自分と、子供でありたい自分。

そのふたつが、ボルトの心を引き裂こうとしていた。

「もう……いいや」

肩を落とし、自分の部屋へと去る。

後ろで、涙を流す母が、ヒマワリを抱きしめているのが感じられた。

＊　＊　＊

影分身《かげぶんしん》が切れるときに起きる記憶の同調は、ナルトの精神に負担《ふたん》をかける。

それにしても今度は、堪《こた》えた。

消えるときに見えた、子供たちの悲しみの表情が忘れられないからだ。

複数の影分身を展開して仕事をするときに、本体が何かをするのは困難だ。事務仕事や会話の応対がせいぜいとなる。集中力とチャクラを、長時間影分身を維持《いじ》するために使わねばならないからだ。

「大丈夫か」

崩《くず》れ落ちたナルトを椅子《いす》に戻してくれたのは、旧友にして副官でもある上忍《じょうにん》、シカマルだった。

倒れ込むように、椅子に沈む。

「やっちまった……」

「…………」

シカマルが部下ではなく友人の目で、自分を案じているのがわかる。

「後はオレがやっとく。お前はもう家に帰って休め」

「そう……だな」

＊＊＊

気がつくと、父の部屋にいた。

いつもなら入ることのない場所だが、うっすらと開いていた扉が、なぜか誘いかけてくるかのように思ったのだ。

たくさんの写真、たくさんの笑顔がボルトを見ていた。

知らない笑顔だった。

少年だった頃、青年だった頃の父の写真。

その中には、生まれたばかりの自分の写真もある。自分が育っていく過程の写真もある。

一枚一枚、何度も見返したのだろう。フォトフレームがすり減っている。父の手ですり減っている。

そして、最近のものに近づくにつれて、父が写った写真は、減っていく。

写真の列の端《はし》に、大事そうにハンガーにかけられた服を見つけた。

「きったねー……ボロボロじゃねえか」

それが、かつてナルトが〝第七班〟という小隊に属していた頃のものだ。自分と同じ年頃の。

ボロボロで、汗ばみ、汚れ、丁寧《ていねい》に洗濯され、繕《つくろ》ったにもかかわらず、くたびれと経年変化がごまかしようもない服。

なぜかその服を手にすると、ひどく、怒《いか》りがわいてきた。

「ダッセーな！」

投げ捨てた。

窓から落ちていくナルトの服は、もはやボロ雑巾《ぞうきん》のようにしか見えなかった。
耐《た》えられなかった。
こんな泥臭《どろくさ》いものを後生《ごしょう》大事に取っておく父が、許せなかった。

＊＊＊

そして、呼《よ》び鈴《りん》がなった。
ボルトの運命を変える、それは鐘《かね》の音《ね》にも似ていた。

＊＊＊

玄関を駆け下りたのは、父ではないかと思ったからだ。
殴《なぐ》りつけてやろう、と決意した。
だから、ドアを開けると同時に、必殺の拳《こぶし》を繰《く》り出《だ》した。
手加減なしだ。
が。

そこに立っていた男は、苦もなくその拳を受け止めた。

鋭利な剣《つるぎ》が人の姿を取ったような、そんな男だった。彼の知っている、あのメガネの少女と、どこか似ていた。

「す、すんません……その、父ちゃんと勘違《かんちが》いしちゃって……」

見知らぬ他人を殴りつけた言《い》い訳《わけ》としてはあまりふさわしくなかったかもしれないが、他に言いようもなかった。

「…………ナルトの息子《むすこ》か……名は？」

男の視線は、針《はり》のように鋭かった。

ボルトの知るどのような男たちよりも、はるかに強く、激しかった。

この男はいったいいかなる戦場を生き抜いてきたのだろう。

そう想像させるに足《た》る瞳《ひとみ》だった。

「うずまき……ボルト……」

「そうか」

「もしかして……サスケ……くん？」

そこへようやく、台所から母が姿をあらわした。

「ナルトはいるか？」

「まだ火影室だと思うけど……」

「そうか。ジャマしたな」

その会話が意味するところはひとつだった。

父を呼び捨てにできる、母のかつての友人。

サスケと呼ばれる男。

それは、つまり、この男が伝説の忍《しのび》、うちはサスケであることに他ならない。

（かっけ――！）

思わず、ボルトは拳を握《にぎ》りしめていた。

わかったのだ。

あれが、本当に自分の出会いたかった、〝英雄〟なのだ。

＊＊＊

久しぶりに戻ってきたサスケは、相変《あいか》わらず仏頂面《ぶっちょうづら》だった。ともあれ、サスケが木《こ》ノ葉《は》隠《がく》れの里に戻ってきたとなれば、ナルトも帰宅準備どころではない。

「カグヤの城のみやげだ」

差し出された巻物はチンプンカンプンであった。もともと座学は強くないが、それにしても、何なのか見当もつかない。

「何が書いてあるかわからんが、嫌《いや》な予感はすんな」

「オレの輪廻眼《りんねがん》でも読めん」

サスケの輪廻眼には様々な術理《じゅつり》があるが、そのひとつにパターン認識がある。記号の中のパターンを解析《かいせき》し、類似《るいじ》パターンと比較することで暗号を読み解くのだ。これを応用すれば少ない文字数の中に膨大《ぼうだい》な情報量を圧縮することもでき、うちはの石碑《せきひ》の中に秘伝を仕込んでおけたのは、その能力のなせる技《わざ》である。

が、それができないということは、サスケの知るパターンに含まれていない、ということだった。

「……そうか」

少し思案をして、ナルトはまた椅子《いす》に戻った。

「帰るのはやめだ。この巻物を解読に回そう」

解析班はナルトが新しく組織した部局のひとつで、古代文明の調査そのものを目的にした班だ。太古の暗号や象形《しょうけい》文字に通じている。サスケの読み取れなかった情報でも、何かを引き出す可能性は高い。

「任《まか》せる」

サスケがそう言ったのも、解析班に期待していればこそだろう。

「そういえば」

ばさ、とサスケはオレンジ色のボロキレを机の上に置いた。

ひどく懐《なつ》かしい、拭《ぬぐ》いきれない泥と血と汗の染《し》み込《こ》んだ上着だった。

「!?　なんでお前が？」

「来る途中拾《ひろ》った」

「そうか……」

「お前のガキにも会った。昔のお前そっくりだったな……」

サスケの表情が少し緩《ゆる》んだ。

「……あいつは昔のオレとは違う……どちらかと言うと昔のお前に近い」

ナルトはどこか寂《さび》しそうに首を振った。思い出しているのは、クールで、いつも鮮《あざ》やかで、彼の憧《あこが》れだったうちはサスケだった。

「いや」

七代目火影はみずから軽く首を振った。

「やっぱり……あいつは昔のお前とも違う。あいつの着ている服はいつもおろしたてみて

えだ……」

　ナルトはかつての自分の服をつかんで見つめる。

　それが、ナルトの生きた時代そのものだった。

　毎日、毎週のように、命の危険の中で生きていた。いつ死ぬかもわからなかった。そういう時代の記憶だった。

　今はそうではない。

　その時代を終わらせるために、ナルトも、サスケも命を賭《か》けたのだ。だから、自分の息《む》子《す》《こ》が自分を理解しないのも、仕方がないことなのではないか、と思えた。

「オレたちが、時代遅れなのかもな……」

「イヤ……それは違うな」

　いつものように、サスケはクールに首を振った。

「忍《しのび》の本質は変わらない。お前のガキだとしてもそうだ……」

「どうだかね。この言い合いはおそらくオレの勝ちだってばよ」

「フン」

　サスケは、鼻を鳴らした。

　いつもナルトが追い続けた、あの微笑《ほほえ》みだった。

「ウスラトンカチが」

＊＊＊

夜でも木ノ葉隠れの里は明るい。

自分が子供の頃はもっと暗かった、とサスケは回想する。時代は刻々と変わってきている。戻ってくる度《たび》に、里は変わっていく。里だけではない。おそらくは、人も。

「！」

風が揺らぐ音がした。

手裏剣《しゆりけん》である。

必殺の意の乗った、一流の腕だ。

首筋《くびすじ》の動脈を正確に狙《ねら》っている。

だが、惜《お》しむらくは経験が足《た》りぬ。誰かの技《わざ》を見よう見まねで上手《じようず》にコピーしたに過ぎない。実戦で一流相手に通用する技ではない。

ましてや、万華鏡写輪眼《まんげきようしやりんがん》のうちはサスケを相手に。

「消えた!?」

手裏剣の主《ぬし》の驚愕《きょうがく》する声がした。

手を上げるまでもない。

サスケにとっては子供のイタズラのようなものだ。

ひょい、と背後に回り込み、手をポケットに入れたまま、手裏剣の主に足払いをかける。

単純な動きだが、踏み込みとバランスを崩させる足捌《あしさば》きの妙は、余人《よじん》の追随《ついずい》を許さぬ華麗《かれい》さがあった。

「す、すげえ……！」

埃《ほこり》まみれになった手裏剣の主は、少年だった。

先ほど、ナルトの家で会った子供だ。

「やっぱすげえ！　あんた、父ちゃんのライバルだったんだろ？　ならオレを……」

金色の髪。ナルトよりはどこかヒナタに似た、繊細《せんさい》で優雅《ゆうが》な顔。そして、染《し》みもほころびもない、綺麗《きれい》な服。

「なるほど……おろしたてか」

当人にその自覚はないにせよ、愛され、甘やかされて育てられたのだろう。ナルトはナルトなりに、彼に愛を注《そそ》いで育てたのだ。

だから、その少年が素直《すなお》に頭を下げたのには、驚いた。

「弟子《でし》にしてくれ！　オレにはどうしても倒したい奴《やつ》がいるんだ！」

真剣な面持《おもも》ちだった。彼なりに熟慮《じゆくりよ》し、考え抜いた結果なのだろう。頬《ほお》に汗がにじんでいる。緊張しているのだ。

なんとも言えない面《おも》はゆさのようなものが、サスケの脳裏《のうり》をかすめた。

「……螺旋丸《らせんがん》でも覚えてきたらな」

立ち去りざま、そう告げた。

後ろで、少年が拳《こぶし》を握《にぎ》り、歓喜《かんき》にむせんでいるのが伝わってくる。

（ナルト……さっきの勝負、まだわからんぞ）

＊　＊　＊

残務処理を終えてようやく寝床《ねどこ》についた木《こ》ノ葉《は》丸《まる》が叩《たた》き起《お》こされたのは、もう夜も更《ふ》けてからであった。

「なんだコレ急に……うわっ」

飛び込んできたのは、ボルトである。また何かイタズラでも、と言いかけるより先に、まるで飼い主にじゃれつく子犬のように、ボルトは一気に思いの丈《たけ》をまくし立てた。

「とにかく先生の螺旋丸《らせんがん》教えてくれってばさ！　オレは今！　すぐにでもその術をマスターしてーんだ！」

「螺旋丸……？」

その熱意に燃えた瞳《ひとみ》を見れば、意図はすぐにわかった。

「つまり……中忍《ちゅうにん》試験の隠し玉として、七代目をびっくりさせてやろーってことだな？　お前もやっと忍《しのび》らしくなってきたな！」

「ま……まあね」

うなずく不肖《ふしょう》の弟子《でし》の姿を見て、木ノ葉丸の体を電撃のような感動がよぎった。忍者ならばこの状況に感動せずにはおられまい。

（クゥ～、このオレが師としてこの術をご子息《しそく》に伝授することになるとは!!　おお、四代目、七代目！　この大役しかとおおせつかりますぞコレ！）

木ノ葉丸の魂《たましい》が、燃えていた。

＊＊＊

が、人間の熱血だの熱意だのは、実のところ長続きするものではない。そのときのテン

ション は嘘《うそ》ではないが、持続するかどうかはまた別だ。

屋台の水風船を渡されて、チャクラで割ってみろ、と言われたボルトもまた、そうである。

「ハァ〰〰あ……」

「さっきまでの勢いはどーした⁉　オラもう一度だ！　もっとオレのやり方をよく見てマネしてみろコレ‼」

盛りあがっているのは木ノ葉丸ばかりである。

「わかってんよ！　けどぜんっぜんうまくいかねーじゃん……コレェ!!!」

「言い方はマネしなくていいんだよコレ！」

「いや、その〝コレ〟は言い方のコレじゃねーよ！　手にあるコレのことをコレって」

「コレコレうるさいぞコレ‼」

「そりゃどっちだよォ‼」

言語学における記号表現と記号内容の差異についての不毛な議論に疲れ果てた弟子《でし》は、どっかと座り込んで、水風船を投げ飛ばした。

「なんで、まず水風船なんだよ⁉　どーつながんだよ⁉　もっと効率のいいやり方ねーのかよ⁉」

大きなため息をつき、木ノ葉丸はみずからが手にした水風船を己《おのれ》の螺旋丸《らせんがん》で割ってみせる。

「四代目火影様がこの術を開発するのに三年。術の要領を得て七代目……つまりお前の父上が会得《えとく》するのに約半年。会得難易度《なんいど》で表わすとAランクレベル。考えるな。言われたとおりのカリキュラムをこなせ。オレもそうして極意《ごくい》に至った」

その技《わざ》を会得した木ノ葉丸の天稟《てんぴん》、そして努力も尋常《じんじょう》のものではないのだが、それを誇る気配は微塵《みじん》もない。ただただ、その歴史の厳しさを語るのみである。

しばらくの間、考えて。

ボルトはまた、水風船を拾《ひろ》い上《あ》げた。

木ノ葉丸が、微笑《ほほえ》む。

その特訓を木の陰《かげ》から見守っていたサラダも、嬉《うれ》しくなった。

＊＊＊

そうして。

幾度《いくど》もの昼と夜があって。

何度も何度も、何度も何度も、ただひたすらに水風船と格闘を続けて。

水風船が割れた次には、ゴムボールを割らされて。

ただひたすら。

おそらくはボルトが生まれてから、もっとも長い努力の時間。

それが、終わって。

＊＊＊

「ど、どうだ……！」

ボルトが里の森で〝それ〟を見せたとき、サスケの心にはまず驚きがあった。

小さく、かぼそく、まるで蛍《ほたる》の光のようであったが、とにかくボルトの手のひらの上にのっていたのは、紛《まぎ》れもなく螺旋丸《らせんがん》である。

体内に尾獣《びじゅう》を宿すわけでもなく、ただここまでにたどり着いたのは、ナルトの血と、母より受《う》け継《つ》いだ日向《ひゅうが》の血であろうが、それだけではない。

努力だ。

本人自身も理解せぬほどの熱意、そして木ノ葉丸の熱心な指導あっての結果。それが、目の前に浮かぶ蛍火《ほたるび》のような螺旋丸だった。

「ずいぶんと、小さいな」

サスケは率直《そっちょく》な感想を口にした。

嫌味《いやみ》ではない。

うちはサスケは誰に対しても本気である。いかなるときも正面からぶつかる。それは、彼がボルトを男として認めた証《あかし》である。

「それでは螺旋丸とはとても言えないが……」

むしろ、サスケが感心していたのは、ボルトのボロボロになった服である。気取りも見《み》栄《え》もない。荒れ狂うチャクラを制御《せいぎょ》しようとした結果なのだろう。ただひとりで、螺旋丸という秘術と向かい合った、それは証だった。

が、ボルトはそうは思わなかった。

サスケのその態度を、失望と解釈したのだ。

「クッソー！」

悔《くや》し涙《なみだ》を目に浮かべ、手にした螺旋丸を〝投げた〟。

「！」

その螺旋丸がボシュ、と虚《こ》空《くう》に消えるとともにボルトは走りだした。

サスケは追わなかった。彼の目の前で起きていることを見定《みさだ》めねばならなかったからだ。走り去っていくボルトと入れ替わるように、肩をすくめた娘のサラダがあらわれる。ずっと、見守っていたのだろう。

「フン……あいかわらずキビシイね、パパ……ボルトのこと知らないと思うから言っとくけど！」

よほどボルトを気にかけているのだろう。弁護の言葉をまくし立てる。

知らなくても理解できるし、努力は尋常《じんじょう》のものではない。

だが、そこまで説明するより先に、サスケにはやらねばならぬことがあった。

「ボルト、本当はこんなキャラじゃないから！　ここまでやったのが奇跡！　わかる？　ねえ!?　少しは――」

サスケはサラダに近づくと、その肩を抱き寄せた。

「!?　パパ!?」

ヒュン！　と風が切り裂かれる音がした。

先ほどまでサラダがいた位置、そこに生《は》えていた木が、砕《くだ》け散《ち》る。

「何、今の……!?」

「早とちりだ。あのウスラトンカチ」

父親も父親だが、息子《むすこ》も息子だ。

人の話は最後まで聞くものだ。

「え？」

「ダメとは言っていない。弟子《でし》にしてやろうと思ったのにな……」

パアッ、とサラダの顔に喜色《きしょく》が浮かんだ。

（あの螺旋丸の意味は理解できていない、か……）

そら恐ろしいまでの才能だった。

ボルトを追って走る愛娘《まなむすめ》の背を、サスケはじっと見ていた。

＊＊＊

「……結局、努力なんてダセエことしたって、結果はついてこないんだ」

科学忍具班のラボで、出されたココアを手に、ボルトはひとりごちていた。

「なるほど、ひどい話ですねえ」

慰《なぐさ》めているのは、カタスケである。ボルトにとってはただひとり、自分の話を笑わずに聞いてくれる大切な大人《おとな》だ。

「なら、こういうものがありますよ……クールにスマートに印《いん》もなく、小さな労力でかぎりなく大きな成果を導《みちび》き出《だ》す」

「!?」

カタスケの手から、炎が、雷が、風があらわれる。印も組まなければチャクラの集積もない。

その手には、〈小手《こて》〉。木ノ葉丸が使っていたあの忍具だ。

「これこそが我々、そして君たち次世代の忍者だ! そうでしょう!」

ふりむきざまにポーズを決めたカタスケの手のひらの上に、光輝く丸い玉があった。

「そ、それって……!」

「ええ、螺《ら》旋《せんがん》丸です」

にっこりと笑うカタスケ。

「これさえあれば、あなたはお父上以上の忍者だ」

「……螺旋丸が、使えるようになる……」

「さあ、若《わか》にピッタリの必殺技《わざ》を選ぼうじゃありませんか……」

ボルトは、カタスケの差し出した手を取った。

ためらわなかった。

＊　＊　＊

「ボルト、どこ行っちゃったのよ……」

朗報《ろうほう》を伝えようと、ボルトを探し回っていたサラダが、寂《さび》しげに石を蹴《け》った。

いつも、背中を追っているつもりの少年は、いつのまにか自分の知らない日常を手にして、変わっていくのだ、と思った。

自分もそうなるのだろうか。

かつて、父と母、そして七代目はいつも一緒に任務をこなすチームだったという。

今はそうではない。

いや、今は父が帰ってきたので母のツヤツヤした感じに当てられてアレだが、これは希《まれ》なことなのだ。

そのように、自分も変わっていくのだろうか。

サラダは何気《なにげ》なしに、少し伸びた自分の髪に触れた。

大人《おとな》に、なっていくのだ。

第三章

中忍試験

巨大な螺旋丸《らせんがん》が、岩を粉砕《ふんさい》していた。

壮絶《そうぜつ》な威力だった。

「たった一日で、そこまでの螺旋丸を作ったか」

サスケの言葉には、わずかな失望の色があったが、カタスケに与えられた〈小手《こて》〉の力に酔うボルトにはわからないことだった。

〈小手〉に装塡《そうてん》された〈弾丸〉は、簡単な操作で中に秘められた術を解放する。螺旋丸も例外ではない。

もちろんそれは、ボルトの力ではない。螺旋丸を生み出し、実験に協力した――それを何に使うかなどは知らない――木ノ葉丸《こはまる》の力である。いわば他人の答案を書き写してテストに出しているのと同じだ。

だが、このときのボルトは、自分がサスケに認められるという夢のほうが、大切だった。

(これだって忍者の力！　目的のためには、手段は正当化されんだってばさ！)

そうではない、という当然の真理を悟《さと》るには、彼の両親は多忙に過ぎ、彼の周囲の大人《おとな》たちはあまりに彼を甘やかしすぎていた。

だから、サスケは何も言わない。

「父ちゃんとは違うんだよ！　才能が‼」

「確かに、お前はナルトとは違うようだ……そう思いたくはなかったが」

サスケの言葉の意味を、ボルトはもっと深く考えるべきだったのだろう。

「で！　どうなんだよ！　弟子《でし》にしてくれるって話⁉」

「……いいだろう」

少しだけサスケは息を吸い込み、重々しい表情でうなずいた。

「弟子にしてやる」

教えてやらねばならぬことがあった。

＊＊＊

それからの日々についていえば、まさにボルトの日常は激変した。

木ノ葉丸にはサスケが話をつけてくれたらしく、中忍《ちゆうにん》試験が終わるまでの間、マンツーマンでサスケが稽古《けいこ》をつけてくれることになったのだ。

誤解があってはならないが、ボルトは稽古にあっては、素直《すなお》な生徒であった。

決して木ノ葉丸やナルトには見せないような真剣さで、サスケという師匠《ししょう》についていった。

それはズルをして螺旋丸《らせんがん》を披露《ひろう》した罪悪感がなさしめたことでもあったが、本質的には、ボルトという少年の実直さのさせたことである。

＊＊＊

荒野。

巨大な蛸《たこ》が、ふたつの影と格闘している。

影は、鬼である。

サスケとあの城で交錯した、鬼だ。

なぜ、きゃつらがこの地にいるのか――。

その答えは、ひとつ。

カグヤのやりのこしたことを為《な》すためである。

蛸――〈八尾《はちび》〉と呼ばれる魔獣が、チャクラの塊《かたまり》、尾獣玉《びじゅうだま》を放つ。

が、その一撃を、鬼、若いほうのひとりが、右手で受けた。

「よもや、チャクラの実がこのように拡散しているとはな」

鬼は、左手に握《にぎ》った丸薬《がんやく》をがり、がり、と食らった。

そのチャクラがふくれあがり、右手の尾獣玉を吸収していく。

「神樹《しんじゅ》は斬《き》られ、カグヤの姿はなし。どうやらこの星の者どもは、余計な知恵をつけたと見えますな」

「ひとつひとつ、回収する他ないか」

今ひとりの巨漢の鬼の言葉を受け、若い鬼は、薄く笑った。

左手から、先ほどよりもはるかに巨大になった尾獣玉が放たれる。

大地が、揺れた。

巨大な〈八尾〉の足が吹き飛ぶ。人智《じんち》を超えた力だった。これほど正面から、尾獣を叩《たた》きつぶせる術は、およそ忍《しのび》のものではない。〈五影《ごかげ》〉ですら、このような力は持たぬ。

「これで……！」

倒れた〈八尾〉の影が揺らぎ、消えていく。鬼の中に吸い込まれていくのだ。

「人に高密度のチャクラが、獣《けもの》の形で取りついているとはな」

「ここよりさほど遠くない地に、より大きなチャクラの反応があります。おそらくは、そ

れが我らの求める最大のチャクラかと」

「ならば、次はそいつを回収する」

鬼は狩猟者の目で、地平線の彼方《かなた》を見た。木《こ》ノ葉《は》隠《がく》れの里の方角だった。

＊＊＊

手裏《しゅり》剣《けん》が宙を切り、飛んでいく。

ボルトの打ったそれぞれの手裏剣が、空中で軌道を変え、的《まと》に命中する。

「どうだァ！」

「少しは曲げられるようになったな」

サスケはにこりともせず、ありえないぐらい直角なところに新しい的を置く。どう考えても射線が通らない。

「どーやってそんなに曲げんだよ!?　できっこねーよ」

「できない、か」

サスケはこともなげに言って、取り出した手裏剣を素《す》早《ばや》く打った。その手裏剣が、ボルトが先に打った手裏剣に命中し、弾《はじ》かれて、新しい的に命中する。

「あ……！」

「少しは自分で考えろ。すぐに答えを求めるな」

「わかってんよ……!!」

ボルトは苛立《いらだ》った。教えてくれたらできたはずなのだ。教えてくれないのが悪いのだ。

ノウハウは共有してナンボではないのか。ゲームだってまとめサイトにアクセスしたら最適解が全部載《の》っているではないか。

苦労して攻略法を考えるなど、馬鹿のやることだ、とボルトは考えていた。

「……少し、休憩にするか」

サスケがそう言ったのは、たぶん、その表情を読み取ったからだろう。

＊＊＊

ふたたび荒野。

破壊された〈八尾〉のタコ足から、這《は》い出《だ》してくる影があった。誰あろう、人柱力《じんちゅうりき》のひとり、キラービーである。

「やべえ……あいつらが次に狙《ねら》うのは……ナルトだコノヤロー！」

＊＊＊

パチパチと、焚《た》き火《び》が燃えていた。

サスケの差し出したスポーツドリンクを飲むと、カラカラの喉《のど》に水気と甘味が染《し》み渡《わた》っていく。

彼は厳しい教師だったが、いわゆる根性論とは無縁だった。適切な休憩と栄養補給こそが、最終的に強い肉体と精神を育てるのだと知っている。

「精神を鍛《きた》える修業は、また別にやる。今は基礎を作る。それからだ」

そうも言った。

が、ボルトが知りたいのは別のことだった。

「父ちゃんのこと、色々教えてよ！」

「ナルトか」

わずかに、サスケが面《おも》はゆそうな顔を作った。

「ガキの頃から『火影《ほかげ》になる』とわめきちらす、かなりのウスラトンカチだった……」

「ウスラトンカチ……？」

何を言っているのか、よくわからなかった。

「……とにかく、ガンコ者で……」

「違う違う！　知りてーのは父ちゃんの弱点とか弱みとかだってばさ……」

「………弱点……？」

サスケは少し意外そうな表情をした。まるで、ナルトの弱点なんてものを確認する必要があるのか、という顔だった。

「いいか」

小さく、ため息をつくのがわかった。

「あいつは弱点だらけで……落ちこぼれだった」

「え？」

にわかには理解できなかった。

父が……落ちこぼれ？　弱点だらけ？　あの英雄と呼ばれる男が？　完璧《かんぺき》な忍者が？

「そして……あいつは己《おのれ》の力でそれらを克服《こくふく》し……火影になった。お前が知るべきは、今のナルトじゃなく、今までのナルトなんじゃないか」

「なんだよそれェ！」

「修業を続けるぞ」

サスケがザッと立ち上がった。もう、昔話をするような雰囲気ではなかった。

＊＊＊

「パパとの賭《か》けには勝ったようね、ボルト」

いつもの朝、いつもの道。

「あのとき、早とちりを指摘してあげようと思って探しに行ったのに。どこ行ってたの?」

「ちょ、ちょっとよ……」

「ふーん……?」

だが、本当に嬉《うれ》しそうなサラダが、自分の目をじーっと覗《のぞ》き込《こ》んでくるのには、なんだか戸《と》惑《まど》った。あるいは、まっすぐ見返すことができなかった。

「アンタってさ……七代目様より……」

「何?」

「何でもない!」

サラダは真《ま》っ赤《か》になって慌《あわ》てたが、それが何を意味するのかはボルトにはさっぱりわからなかったし、サラダ自身も続けたくないようだった。

「で、パパの弟子《でし》になって何をしようっての？」

「父ちゃんの弱点を教えてもらう！」

断言であった。

本気である。男として生まれた以上、正面から親父《おやじ》を打ち破りたいと考えるのは当然である。しかし、正攻法では勝てまい。そうすると必要なのは、攻略法だ。

「私……アンタのことどーこー言うつもりないけどさ」

盛大にため息をついて、メガネの少女は大いにボルトのことをどうこう言いだした。

「火影様に挑《いど》む前に、私たちまず中忍《ちゅうにん》にならないといけないの……わかる？」

「だからこそだってばさ。サスケのおっちゃんに色々教えてもらいつつ、中忍試験で父ちゃんに見せつけてやんだよ！　いずれ父ちゃんを倒す、オレの力を！」

「オレたちね、そこ。まったく……何考えてんだか」

サラダはそこに、こだわった。

なぜこだわるのか、ボルトにはあまりわかっていなかった。

「何って……もちろん中忍試験合格のこと考えてんに決まってんだろが」

びっ！　とボルトは中忍試験の志願書を突きつけた。

「アンタのこと、どーこー言うつもりないけどさ」

サラダも自分の志願書をボルトにぴ、と見せる。

「むかつかないときもあんのね、アンタ」

「ボクのことも忘れないでくださいよ」

気がつくと、ミツキも志願書を手にふたりの間にいた。

みんな、笑っていた。

そして中忍試験の日がやってくる。

＊＊＊

その年の中忍《ちゅうにん》試験には特別な意味があった。

五里が合同で、対立するのではなく、本格的な協調を目指《めざ》し、ノウハウの共有を前提として開催する、初の中忍試験であったからである。

開会式には、五影はもちろん、侍《さむらい》の大将や大名《だいみょう》たち、大企業《メガコーポ》のＣＥＯたちがずらりと並んでいる。

開会の挨拶《あいさつ》をするシカマルの背後には、〈六代目〉ことはたけカカシや、マイト・ガイ、みたらしアンコら伝説の忍《しのび》たちが並び、この中忍試験への決意なみなみならぬことを示していた。いずれも、ひとりで一国を相手にできると言われる、生きる伝説《リビングレジェンド》である。

「ではこれより、中忍選抜試験を始める!! 皆、今まで積《つ》み重《かさ》ねた力を存分に発揮してくれ!!」

歓声《かんせい》があがった。

＊＊＊

それは、巨大なふたつの穴だった。

片方に○、片方に×の看板が置かれている。
○×クイズであることは明白だった。
その前に立つのは糸のように細い目をした忍《しのび》、山中《やまなか》サイである。いのじんの父親だ。つかみどころのない、しかし奥底には厳しいものを持った男、というのがボルトから見た印象である。

かつては父と戦友であったこともあり、ボルトも幼い頃から何度も遊んでもらった。絵を実体化させる超獣偽画《ちょうじゅうぎが》の術は、ボルトも好きだった。

が、サイが自分に対する情で加減などするような男でないことは、よくわかっている。

（あのおっさんが弱いのは、いのおばさんだけだ）

「三人で○×クイズの答えだと思うほう、○の穴か×の穴どちらか選んで飛び降りてください。不正解、つまり失敗した奴《やつ》は真っ黒になって失格です」

「まっくろって？」

ぽっちゃり……というよりは明確に太った色黒の同期、秋道《あきみち》チョウチョウが疑問の声をあげた。

「それはお楽しみ」

どこか人形めいた笑《え》みをサイが浮かべると、その後ろに問題が出現した。

「忍軍師《しのびぐんし》捕物帳《とりものちょう》五巻の書記に登場する忍合言葉《しのび》、月と言えば日、山と言えば川、花と言えば蜜《みつ》である。○か×か？」

……まるで見当がつかなかった。

「サラダ、その本知ってっか？」

「まあね……ただ、忍軍師捕物帳、四巻までしか読んでない……まさか五巻目があったなんて……」

博識で知られるサラダが知らない、ということは、もはやこの場の誰も知らない、と考えるのが妥当《だとう》だ。解析《かいせき》班あたりが見つけてきた稀覯書《きこうしょ》の類《たぐ》いか。意地悪な出題だった。

「じゃあ山勘《やまかん》しかないってことだね」

「その言い方だとお前もわからねーんだろミツキ……」

ハハハ、と笑ってミツキはごまかした。

「僕の親ならわかるんだろうけどね」

「お前の親？」

「……ボルト」

真剣な顔をしたサラダが、ふたりの間に割って入った。

「私のパパならどっちを選ぶと思う？」

「×かな？　素直《すなお》じゃなさそーだし」

サスケはまず否定から入る男だった。否定し、条件を積《つ》み重《かさ》ね、そこで本当に可能なことしかやらない。慎重《しんちょう》な男である、ということは、短い弟子《でし》生活でも理解できたことだ。

「……ってか何だよ急に？」

「私はパパと違う道を選んで火影になるの！」

「じゃあ〇でいいんだね？」

「そう!!　ふたりとも私についてきて！」

ボルトはサラダについて走りだした。それでいいと思った。自分を信じてくれる少女を信じるべきだ、と思った。

……自分が信じられるような存在かどうかわからないのだから、なおさらだ。

＊＊＊

穴の中に広がっていたのは、暗い闇《やみ》だった。

（墨《すみ》！）

そう、墨の池だ。その水面が、視界を闇に見せていたのだ。

意味するところは、ひとつしかない。

「こっちが不正解だ！」

「くっそー！」

悲鳴が次々と聞こえ、黒い水面に下忍《げにん》たちが吸い込まれ、水柱《みずばしら》が上がる。

それは、ボルトが次にたどる運命だ。

（くっそー！　これで終わっちまったってばさぁ!!）

そう思った、ときだ。

「!!」

サラダがポーチから糸つきクナイを投げて、辺《あた》りの壁に突き刺した。

ミツキも印《いん》を結んで手を上へ伸ばす。

同時に、サラダのクナイが飛んで、ボルトの服を貫《つらぬ》き、その体を壁に縫《ぬ》いつける。

「下見て、ボルト」

幼なじみの少女の声は、あくまでも冷静だった。

「ア……!」

よく見れば、穴は×の穴とも下でつながっていた。あちらの側からも、落とされた下忍たちの悲鳴が聞こえる。

それが意味するところはひとつ。

「そう。穴に落ちた奴《やつ》は問答無用で失格ってこと」

腕を伸ばして穴の縁《ふち》につかまり生き残ったミツキがしたり顔で言った。

「初めからそんなクイズでたらめ……やっぱり五巻の書記なんかなかったのよ!」

サラダが会心《かいしん》の笑《え》みを浮かべた。

「……失敗した奴は真っ黒になって失格、か」

影の力を使って、いのじんとチョウチョウ、そして自身を壁にホールドしたシカダイがあきれ顔で言った。

「確かにそう言った……つまり黒くならなきゃそれでいいってことか」

「父さんらしい、空気読めないテストだよ……ハァ」

いのじんが派手にため息をついた。聞こえるように言っていることは間違いなく、このあたり確かにいのじんはサイの息子《むすこ》だった。

「そのとおり！　墨が見え、自分たちが間違った選択をしたと受け入れ、ただ黒くなる奴。そんな玉ナシが中忍《ちゅうにん》になる資格はありませんよね」

穴の縁から、いかにもな作り笑顔を浮かべたサイが自分たちを見下ろしていた。つまりはそれが、彼なりの称賛《しょうさん》だった。

そして、その称賛に、ボルトはふさわしくなかった。

「この一次試験、本当の選択は追い込まれてからの一瞬の決意の二択。〝あきらめる〟か〝あきらめない〟かです」

誇らしげにサイの言葉を聞くサラダやミツキと、自分の間に距離があることを、今さらのように理解したのだ。

（く……）

それは少年の胃の腑《ふ》に染《し》み込《こ》む、挫折《ざせつ》という感情だった。

＊＊＊

書類の山は増《ふ》え続け、減ることはない。

その山の向こうから、旧友が顔を出した。一次試験の司会を務《つと》め終《お》えたシカマルだ。

「ボルトたち、どうやら一次を通ったらしいな」

「ああ……シカダイたちもらしいな」

「一言《ひとこと》……言ってやれよ」

ナルトは、首をひねった。

公務中に私用を挟《はさ》むのは、よろしくない。が、そのよろしくないことをすべきときだった。

＊＊＊

ベッドに寝転んで、ボルトは天井を見ていた。

自分は、あのときサラダに助けられなければ、不合格だった。それは忍術の腕や血統や、そういうものではない。才能ですらない。

魂《たましい》だ。

自分はあきらめた。サラダはあきらめなかった。あきらめずに忍《しの》び堪《た》えるのが忍者であるのなら。

自分の魂は、いつも隣にいた少女よりも、忍者として不適当だったのだ。

（次は……かならず……）

かたわらに置いた新型のＰＣから、メールの着信音がした。

跳《は》ね起《お》きて、メールボックスを確認する。

父からだった。

『一次突破おめでとう！　二次試験もガンバレ！』

ひどく単純な文章。

けれどボルトは、何度も何度も何度も何度も何度も、その一文を見返した。

「影分身《かげぶんしん》でもねーのかよ……メールって……」

笑いがこみあげてきた。

「クソオヤジが……」

嬉《うれ》しくてたまらなかった。

それで、いいと思った。

＊＊＊

二次試験は、小隊同士の市街遭遇戦《そうぐう》を想定した模擬《もぎ》戦闘だった。

演習場に作られた無人のビル街でフラッグを争奪する。殺害は禁止、敵陣にあるフラッグを取ったチームが勝ち。

殺しが禁じられているのは人道的な理由というより、任務における実践《じっせん》能力を判断するためだ。実際の任務では、殺さずに拘束《こうそく》して情報を吐かせたり捕虜《ほりょ》交換に用《もち》いることのほうが有益な局面が多い。忍者は、シリアルキラーではないのだ。

＊＊＊

戦いが幕を開けた。

ビルの中を、下忍《げにん》たちが疾走《しっそう》していく。

「！」

そのひとりが、天を仰《あお》ぐ。

そのときには、もう遅かった。

のど笛に、刃《やいば》が突きつけられている。

いのじんの優しい顔が、彼の瞳《ひとみ》を覗《のぞ》き込《こ》んでいた。

「く、くそ……」

バックアップするはずの仲間たちの動きはない。彼らもまた、シカダイによって押さえられていた。

その向こうでは、巨大化したチョウチョウがフラッグを確保している。

新生イノシカチョウの連携は、あざやかなものだった。

＊＊＊

「取った！」

いまや体術の名門として知られるようになったリー家の若き英才、メタル・リーの回《まわ》し蹴《げ》りが、砂隠《すながく》れの傀儡《くぐつ》の腹を吹き飛ばした。

が、砂隠れの将、シンキと名乗った少年の顔には、いささかの焦《あせ》りもない。

「まさか！」

そのまさかだった。

背後では、シンキの伸ばした砂鉄が、腕のような姿を取ってフラッグを押さえ込んでいた。

敗北を悟《さと》り、メタル・リーががくり、と膝《ひざ》をつく。

＊＊＊

戦いはそのようにして続き、次々と下《げ》忍《にん》たちの数を減らしていった。

そして、ボルトの番が来る。

「旗はオレが守る‼ 安心して攻めろ！」

ボルトは守備を買って出た。背中を任《まか》せ、サラダとミツキが走っていく。

「頼んだよボルト！ 私たちの力を七代目様に見せつけてやるには、必ずこの二次試験を勝ち進まないと‼」

「お前に言われるまでもねーよ！」

そう。

今度こそいいところを見せなければならないのだ。

(影分身《かげぶんしん》の術!)

ボルトは四体の影分身を展開した。オヤジの千体超はもちろん、サスケの二十数体にも到底及ばぬが、同期ではぬきんでた数のはずだった。

「五対三だ、どっちが有利かわかんよなあ!」

ボルトが自信たっぷりに叫んだ。

だが肉薄する三人——砂隠《すながく》れの若手だ——はニヤリ、と笑った。三人で同時に攻撃に出たのは、自陣に罠《わな》を仕掛け、それで時間を稼《かせ》ぎながら、自分たちが速攻で距離を詰める腹だろう。

それぞれの砂隠れが影分身し、六人に増《ふ》える。

「何だって?」

六人の影が、物量でボルトを圧倒した。

あっというまに、ボルトが組み敷かれた。背中に土と石が突き刺さる感触。

「こいつら……強い!」

「当然だ……我らは砂隠れの下忍《げにん》より選び抜かれた精鋭!」

「貴様らのデータは頭に入っている! うずまきボルト!」

ひとりが、ボルトの脇腹《わきばら》に指を突っ込んだ。肋骨《ろっこつ》の間を、的確に狙《ねら》ってくる。

「がっ！」

神経の痛点を圧迫されたボルトの全身を電流のような苦痛が走った。経絡《けいらく》を圧し、相手の動きを封じる体術の一手だ。

激痛に耐《た》えかねたボルトの影分身が消えた。

「サラダはそのまま行って！　ボクはすぐに引き返す！」

ミツキの声がした。

「ボルト！」

サラダの悲痛な声がする。

サラダがフラッグを取るより、相手がフラッグに手をかけるほうが早い。三人で全員突撃、という相手の策が、図に当たったのだ。

（こんなところで……！）

一次試験を突破したときのサラダの笑顔がよぎった。父のメールが、母と妹の声援が。

負けたくない。

自分の夢も、サラダの夢も。

だから。

ボルトはカタスケから受け取った小手《こて》の巻物カートリッジに点火した。

射出。

「なにぃ!?」

ボルトを押さえ込んでいた忍《しのび》が、ボルトの打ち出した弾丸から溢《あふ》れ出《だ》した鉄砲水に吹き飛ばされた。

水遁《すいとん》である。

「こいつ、水遁なんか使えたのか!?」

「馬鹿な！　経絡《けいらく》のチャクラの流れは、封じ込めていたはずだ！」

「まだまだいくぜ！」

残りは影分身を含めて五人。楽勝だ。

広範囲を攻撃できる雷遁《らいとん》を解放し、三人をまとめて吹き飛ばす。

「今だ、サラダ、ミツキ！」

無論、その隙《すき》にサラダは敵チームの仕掛けたトラップをくぐり抜け、フラッグを手にしていた。

「もう取ったわ！」

サラダの笑顔が輝いていた。

（そうだ）

ボルトは、小手を隠しながら、確信した。

（これで、いいんだ）

＊＊＊

カタスケもまた、会場の隅《すみ》で録画用のカメラを動かしながら満足げにうなずく。

（そう、これでいいんですよ、若《わか》）

すべては彼の狙《ねら》いどおりに進んでいた。

ボルトには、五影や大名《だいみょう》たちが揃《そろ》う最終審査の場までたどり着いてもらわねばならない。

彼の〝実力〟によって。

そのときこそ、カタスケの努力が正しい意味で報《むく》われるときなのだ。

＊＊＊

サラダの喜びようはハンパではなかった。ボルトに抱きつかんばかりに顔を寄せ、普段ではとても見せないほどに相好《そうごう》を崩《くず》している。

「次は三次試験！　ボルト！　これでやっと私たち、ついに七代目様に実力を見てもらえる！」

「あ、ああ！」

実力、という言葉が、少しだけボルトの胸に刺さった。

「……やっぱり……」

「？」

「アンタってさ、七代目様より目が碧《あお》いんだね……」

ボルトは赤くなった。

幼なじみが、自分以上に自分を見ていることに気づいたからだ。

＊＊＊

二次試験の結果が気になって落ち着かないのは、当事者たちだけではない。冬眠前のクマパンダのように火影室でうろうろしていたナルトの狼狽《ろうばい》ぶりはひどいものであった。

「やるじゃねーかよ」

ノックもせずに入ってきたシカマルの言葉に、ナルト、思わず椅子《いす》から飛び上がったものである。

「何が？」

「何がってボルトたちだよ……二次も通ったらしいな」

「そ、そうか！」

ナルトはつとめて平静を装《よそお》っていたが、下忍《げにん》になりたての相手でも騙《だま》せないほど、その演技は白々《しらじら》しいものだった。

ツッコミを入れる気力も起きず、シカマルはただ肩をすくめてみせた。

「…………じゃあな……」

「それだけ言いにここへ来たのか？」

「そりゃ大事なことだからな。ちなみに言っとくと……オレの息子《むすこ》シカダイたちも通ったよ。三次は個人戦だ……息子同士の対決が見られるかもな」

そう言いながら、シカマルは火影室の扉を閉めて立ち去っていく。よほど忙しい合間を縫《ぬ》ってきたのだろう。

「……負けねーぞ！」

バタン、と扉の閉まる音がして。

ナルトはシカマルが立ち去ったのを確認してから、クルリと椅子を後ろに回してガッツポーズをとった。

＊＊＊

帰ってきたボルトに抱きつくヒマワリも、母も満面の笑《え》みを浮かべていた。

「お兄ちゃん、おめでとう！」

「大丈夫、ケガはない？」

「まだ二次通っただけで、そんな大喜びすんじゃねーってばさ！」

ボルトは優しくヒマワリの体をはがすようにして、にっこりと微笑《ほほえ》んだ。

「オレ疲れちまったから、もう部屋行くわ……朝まで起こさねーでくれよ！」

砂隠れの忍《しのび》にやられた脇腹《わきばら》は、まだ完全にマヒしていた。

実力では、完敗だった。

＊＊＊

サスケが分析室に入ると、ナルトの影分身《かげぶんしん》のひとりが解析《かいせき》班の報告を受けているところだった。

ボルトの面倒を見るのは、つきつめれば余技《よぎ》に過ぎない。里に留《とど》まっているのは、あくまでカグヤの城で手に入れた巻物の解析待ちだ。

「巻物の解読はすんだか？」

「ああ！　もう少しで作業が終わるそうだ」

「そうか」

スペシャリストをせかしても意味はない。部屋を立ち去ろうとするサスケを、ナルトが呼び止める。

「サスケ。ボルトに修業をつけてくれてんだってな？」

ナルトは少し、いやかなり嬉《うれ》しそうだった。本当は、自分で修業をつけてやりたいであろうことは、痛いほどわかる。

「ボルトに聞いたのか？」

「いや、木ノ葉丸がな……」

「そうか」

本来の師匠《ししょう》である木ノ葉丸には、サスケから頭を下げている。仁義《じんぎ》としていえば横紙破《よこがみやぶ》

七代目火

りだったが、木ノ葉丸は笑って許してくれた。祖父譲《ゆず》りの懐《ふところ》の深さがある男だった。

「お前の言ったとおりかもな……………忍《しのび》の本質は変わらない」

サスケは少し考えて、

「オレはそう信じている」

そう、言った。

小手《こて》のことは、話さなかった。

＊＊＊

ボルトはじっと小手《こて》を見つめていた。

小手の力は、自分の力ではない。

審判たちも、サラダたちも、誰ひとり疑っていない。きっと、サスケも疑っていないだろう。

自分の体術にも、隠蔽《いんぺい》にも自信がある。

そうだ。

これは、自分の実力なのだ。

実力を使って、誰かの積みあげた技《わざ》を使って、何が悪い。

だが、何かが割りきれなかった。

ノックの音がした。

ボルトは慌《あわ》てて、小手をマクラの下に隠す。

「ちょ……！　朝まで起こすなっつっただろ！」

カチャ、とドアを開けて入ってきたのは父だった。

「入るぞ」

「と……父ちゃん!?」

「そのォ……二次試験通ったらしいな……」

父は少なからず照れくさそうな顔をしていた。

「オ……オウ……」

「その……うん……」

「なんだよ!?」

ボルトが声を荒《あら》らげたのは他でもない。マクラの下から、隠しきれない小手がわずかにはみ出しているからである。

「用がねーなら出てってくれってばさ！」

「よ……よくやったな……」

「!?」

ボルトは息を呑《の》んだ。

ついぞ予期しない言葉だった。

「じゃあな……」

ナルトはそれだけ言うと、照れくさそうにドアノブに手をかけた。

「……それだけ言いに、わざわざ?」

「だ……大事なことだろ?　これって……」

今度こそ、完全にボルトは何を言えばいいのかわからなかった。目の前の男が影分身《かげぶんしん》か本人か、いやたぶん影分身なのであろうが、それはどうでもいいことだった。

「そう……とても大事なことだ……」

そう言うナルトは、まるで自分自身に言い聞かせているようでもあった。

「……あ!　……それとだな」

「な……何?」

ナルトは、ボルトに近づいて、

「シカダイには負けんなってばよ!」

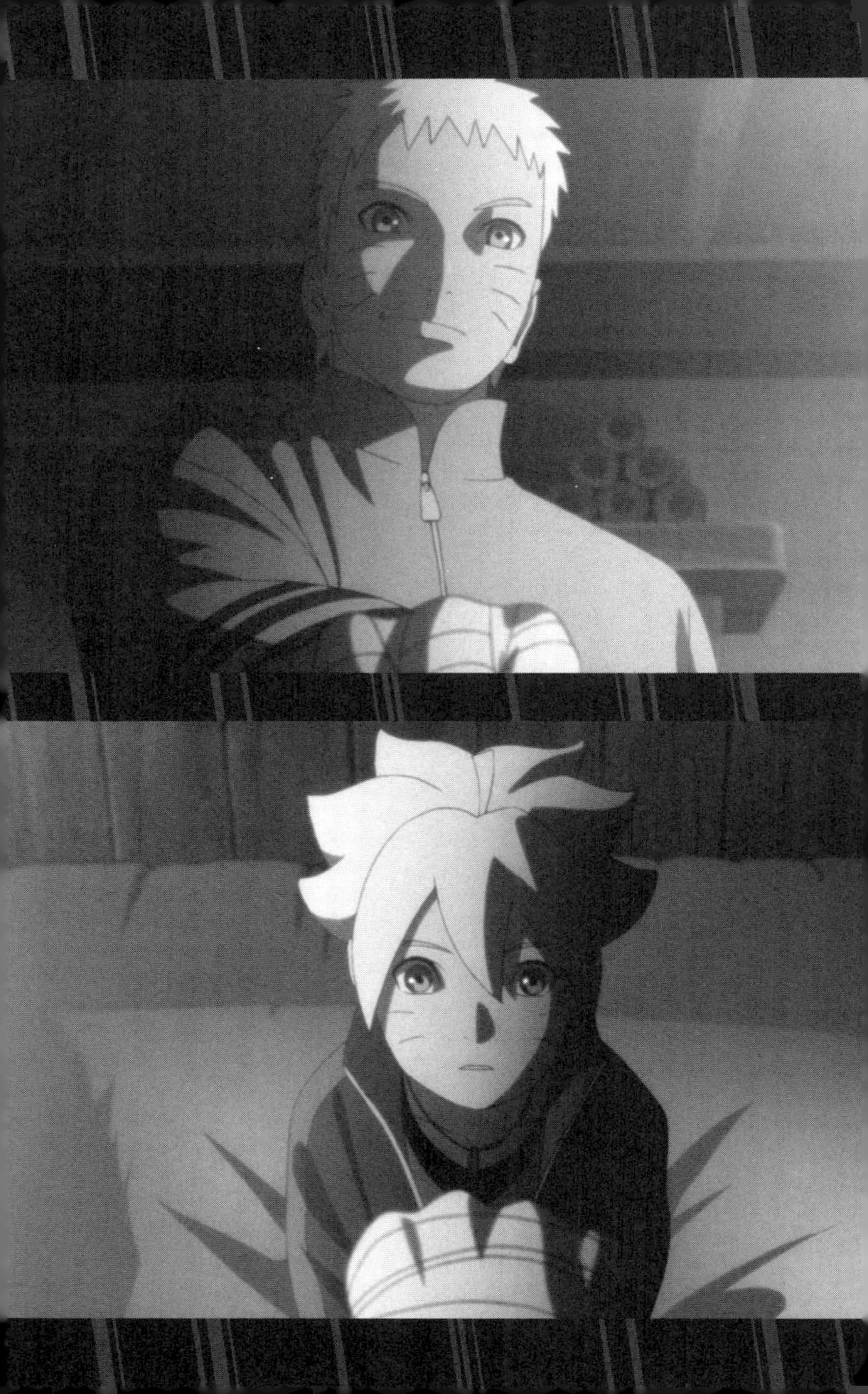

と言いながらニカッ、と笑い、握《にぎ》り拳《こぶし》を突き出した。

何を言っていいかわからなかった。

拳を返すべきなのか。その資格があるのか。

ただただ嬉《うれ》しかったが、その嬉しさの中にどこか、ちくりと刺さる棘《とげ》があった。

「……負けっかよ」

結局、ボルトは拳を出さなかった。

ナルトは出したグーを引っ込め損《そこ》ねてそのグーをやめて手の汗を自分の服で拭《ふ》いた。少し残念そうだった。

そしてまたグーにしてボルトの胸をトンと叩《たた》き、そして部屋を出ていった。

「じゃあな」

ドアの閉まる音がした。

「言いてーのそんだけなら……メールでいいだろうが……」

足音が、遠ざかっていく。

ドアの向こうでも消えたりしないということは、影分身ではなかった、ということだ。

目頭《めがしら》が熱かった。

怒《いか》りの涙ではない。

「クソオヤジが……」

マクラを抱き寄せて、ボルトは泣いた。

本当に誰かが今部屋に入ってきたら、悶死《もんし》すると思った。

それほどに、嬉しかった。

＊＊＊

火影室に戻ってきたナルトは机の上に書類が山を成《な》しているのを見なかったふりをしながら、椅子《いす》に深く座り込んだ。

影分身《かげぶんしん》をコントロールしながら、息子《むすこ》に会いにいくのは、それなり以上に負担《ふたん》であったからだ。

「うわっ」

椅子のバランスが崩《くず》れ、机の上の書類やらカップ麺《めん》やらがバラバラと倒れる。

顔にボロ布が覆《おお》い被《かぶ》さった。

昔の自分、ボルトと同じ年頃の自分が着ていた、あの服だった。

それに気づいて、ナルトはまた、息子のことを思い出して、幸せになった。

第四章

暗闇の中から

三次試験はお祭り騒ぎだった。

観客席は、招待された下忍《げにん》たちの家族はもちろん、里人の有力者、大名《だいみよう》、護衛の忍者、侍《さむらい》、大企業の重役たちですし詰めになっている。

そこに屋台は出るわ、ビールを抱《かか》えた売り子は出るわ、各里の名物を売るアンテナショップは出るわ、これはもう大変な騒ぎである。

もちろん、その中の特等席には、ボルトの父と母、そして妹の姿があることは言うまでもない。

＊　＊　＊

三次試験は伝統の個人戦、トーナメントである。

生き残った候補生は十二人。木ノ葉隠《このはがく》れの里からはボルト、サラダ、ミツキ、シカダイ、いのじん、チョウチョウ。

砂隠《すながく》れ、アラヤ、ヨド、シンキ。

雲隠《くもがく》れ、ユルイ、トロイ、タルイ。

一回戦の相手、雲隠れのユルイは、強敵だった。何を考えているかわからぬような男だったが、風船ガムを爆弾に変える術による制圧力は、すさまじかった。

が、ボルトはそれを制した。サスケ直伝《じきでん》の手裏剣《しゅりけん》術に、木ノ葉丸《こはまる》から授《さず》かった技《わざ》をミックスした工夫《くふう》が、功《こう》を奏《そう》したのだ。

だが第二回戦の相手、シカダイは、さらにその上をいく男だった。

「よう」

「オウ」

口調は軽いが、シカダイの実力は本物だ。砂隠れのホープと噂《うわさ》されるくノ一、ヨドも、シカダイの状況判断の前には苦もなくひねられている。

(負けられねェ……)

父も、母も、妹も見ている。

たとえ勝敗が問題ではなく、判断力が問われているとしても、だ。

「シカダイには負けんなってばよ」

そう、言われたのだ。

男の約束を、破るわけにはいかない。それが自分と、あのクソオヤジの違いなのだ。

互いに手の内は知《し》り尽《つ》くしている。

間合いを計《はか》りながら、じりじりと動く。逃げ回っているだけでは点は取れない。戦いぶりそのものが評価される以上、ぶざまなことはできないのだ。

シカダイの影が伸びた。

読めている。奈良《なら》一族秘伝の〈影縛《かげしば》り〉だ。

何度も見せてもらっているし、カートリッジだって持っている。

サイドステップ。

同時に印《いん》を組み、〈影分身《かげぶんしん》〉を展開する。

その数、四。

「!?」

シカダイの顔が、一瞬だがこわばったのがわかった。

いつもゲームにつきあっている仲だ。それくらいは読める。

二次予選でボルトが展開した最大数だが、あの戦いをシカダイは見ていない。これまでの任務では、二体までしか見せていないはずだ。

(伸ばした影で、二体くらいまでは捕《つか》まえられるだろーけどよ！　残り三体でシカダイをノックアウト、オレの勝ちだってばさ！）

「さすがだな、ボルト」

シカダイがニカッ、と笑った。

その影が、広がっていく。

「こいつは……!?」

円形に広がり、闘技場のフィールドそのものを黒く染めたシカダイの〝影〟が、五人のボルトをすべて押さえ込んだ。

＊　＊　＊

「どうだ、ナルト」

観客席のシカマルが得意げに目を細めた。

「親子二代の努力の研鑽《けんさん》ってやつだ。光学的な現象に過ぎない〝影〟を拡散するには、苦労したぜ。ま、テマリの協力あってのもんだけどよ」

「大したもんだ」

ナルトは、じっ、と息子《むすこ》を見ていた。

（ボルト……忍者の本質が問われるのは、ここからだぞ……）

＊＊＊

指が、ピクリとも動かなかった。

このままではどうすることもできない。

シカダイも五人のボルトを押さえ込むために全力を使っているが、根負けするのはボルトだ。影分身《かげぶんしん》を維持《いじ》するために使っているチャクラの分だけ、疲労のスピードはボルトのほうが早い。そして一度均衡《きんこう》が崩《くず》れれば、シカダイは絶対に優位を手放さないだろう。

（このままだと……負ける……！）

父親の顔がよぎった。次に、サラダの顔が。

ここで負けるのか。

自分の敗北をただ唯々《いい》諾々《だくだく》と受け入れ、それまでだとあきらめるような者に中忍《ちゅうにん》になる資格はない。

そう聞いたはずだ。

（判断しろ。最善の手を打つんだ）

だから。

あきらめない。その場で最善の手を打つ。

そうして。

自分は、サラダと対等の男になる。

父親に、認められる。

その熱情が、少年を誤《あやま》らせた。

必死に腕を動かし、さらに影分身の印《いん》を組む。

それは、フェイクだ。

これ以上の分身を作るチャクラなどない。

手首の中に隠したカートリッジを、動かす。

筋肉の最小の動きだけで、やれる。シカダイの術も、五人全員の身体《からだ》をコントロールできるまでには、至っていない。

展開したカートリッジから、ボルトが出現する。

十。

二十。

三十。

まだまだ増《ふ》える。

四十。

五十………！

その数はシカダイの制御《せいぎょ》できる幅をはるかに超え、彼の生み出した影よりも色濃く、闘技場を支配していた。

＊＊＊

その圧倒的な力に、誰もが驚愕《きょうがく》を隠せなかった。

「これって七代目様と同じ……」

「うん。多重影分身《たじゅうかげぶんしん》だ。ボルト、あれだけのチャクラをいつのまに……！」

それはもっとも近しいチームメイトであるサラダもミツキも同じことだった。

（ボルト……これが、パパの特訓の成果なの……!?）

サラダは、感嘆《かんたん》していた。

今さらながらのように、父の力の偉大さを理解した、と思った。

＊＊＊

ナルトは、じっと見ていた。

それが何か、察しはついた。

なぜそうしたのかも、だいたいわかった。

ただ、嬉《うれ》しそうな妻とヒマワリを見ると、心が重くなった。

だがこれは、自分が負《お》うべき責任なのだ。

＊＊＊

シカダイは、冷《ひ》や汗《あせ》を垂《た》らしていた。

あと一体二体の追加なら、対処できるつもりだった。

螺旋丸《らせんがん》の稽古《けいこ》をつけてもらったという話も聞いている。だが、そうであっても対応策を十二個は練《ね》ってあった。

だが、これはまったくの予想外だった。

勝てないクエストをうっかり始めてしまった場合、ゲーマーにはふたつの対処法がある。精神論にすがってやるだけやってみるか、どう考えてもムリだから時間の無駄としてリタイアするか。

シカダイは、後者だった。

「……ギブアップ」

悔《くや》しくない、とは言わなかったが、それがゲーマーというものだ。

＊＊＊

闘技場は歓呼《かんこ》と興奮に包まれていた。

多重影分身《たじゅうかげぶんしん》をこの年でやってのけたボルト、尾獣《びじゅう》なしにこれだけの術を使ってみせたボルト。

その力は、まさに伝説のうずまきナルトの息子《むすこ》の名に、正統の日向《ひゅうが》一族の血を受《う》け継《つ》ぐ者にふさわしい才能と見えたからだ。

だが、ただひとり。

ナルトだけは、笑っていなかった。

「……ヒナタ」

かたわらに座り、涙ぐんでいる妻の手を、ナルトはそっと取って、耳元に囁《ささや》いた。

「え？」

「白眼《びゃくがん》で、ボルトを視《み》てくれ。手元あたりだ」

＊＊＊

カタスケは満足げに微笑《ほほえ》み、部下に指示を出した。何もかも、彼の開発したテクノロジーの力だった。

もう上層部も、彼の技術を、単なるコピー・アンド・ペーストの手抜きだとは言わないはずだ。

遠くから聞こえてくる歓声《かんせい》は、彼を称《たた》えるファンファーレのようだった。

＊＊＊

ボルトは手を高々と掲《かか》げて、歓呼《かんこ》に応《こた》えていた。

まだ最終判定が下《くだ》ったわけではなかったが、もはや彼の勝利は誰の目にも揺るぎなかった。

複数の性質変化の術を使いこなし、多重影分身《たじゅうかげぶんしん》を自在に操《あやつ》る。

それは、幼き日のナルトやサスケをもはるかに凌駕《りょうが》する力だ。

もはや下忍《げにん》の器《うつわ》でなし、と瞠目《どうもく》する大人《おとな》たちの目が、心地よかった。大名《だいみょう》や企業人の中には、早くも任務依頼を出すべく、ボルトの資料を取り寄せさせている者もいる。

（どうだ、クソオヤジ）

服を汚《よご》すこともなく、無駄な汗を流すこともなく、この結果を得たのだ。

サスケや木ノ葉丸には悪かったが、やはり、テクノロジーは偉大だ。

「あ……！」

観客がひときわ大きくどよめいた。

七代目火影《ほかげ》、ナルトが闘技場に降りてきたからだ。

＊　＊　＊

（ナルト……？）

風影《かぜかげ》こと我愛羅《ガアラ》は首をかしげた。

彼の友、うずまきナルトは、公私を混同して自分の息子《むすこ》を称賛《しょうさん》するような男ではなかったからだ。

(どういうことだ……?)

＊＊＊

「ア……!」

父親が来た。

それだけで、ボルトの心は喜びで一杯になった。

反骨心も、憎まれ口もない。

心根《こころね》の素直《すなお》な少年なのだ。

「父ちゃん、見てた!?」

ナルトはじっ、とボルトを視《み》ていた。

もう少しだけ、ボルトが冷静だったら、このときのナルトが喜んでいないことがわかっただろう。

だが、今のボルトは、会場の熱に酔っていた。

「次は決勝だってばさ！」

満面の笑顔を作り、あのときのように、今度はボルトから拳《こぶし》を差し出す。

その拳を、ナルトは握《にぎ》る——握るように見せて、その手首をつかんだ。

「!?」

小手《こて》とカートリッジホルダーが露《あら》わになる。

「この前言ったはずだ。小手の使用は認めないと」

厳しい……忍《しのび》の頂点に立つ男の顔だった。

「自身のチャクラを用《もち》いない道具は、新しい忍を育てる中忍《ちゅうにん》試験の趣旨《しゅし》に反してる」

ナルトは手をつかんだまま、審判を務《つと》める上忍《じょうにん》ロック・リーに告げた。

「……ボルトは失格……勝者はシカダイと訂正《ていせい》してくれ」

シカダイは面倒そうな顔をしていたが、リーは高らかに宣言した。この里でもっとも不正と縁のない男だった。その男が裁定したことに反する者はいない。

「うずまきボルト、使用禁止忍具の違反により中忍試験失格！　よって勝者改め、木ノ葉隠れ奈良シカダイとします!!」

会場がどよめき、次に理解が来て、最後にボルトへのブーイングとなった。

＊＊＊

サラダは衝撃《しょうげき》を受けていた。

怒《いか》りとも哀《かな》しみとも違う。

味わったことのない、強《し》いて言えばそれは喪失感《そうしつ》だった。

ずっと同じものを見て走ってきた、そう信じた少年が、実はそうではなかった、と気がつく、この感じ。

信じていたのだ。自分にも、ボルトにも同じ白い羽根が生《は》えていて、どこまでも高く飛んでいけるのだと。

だから、多重影分身《たじゅうかげぶんしん》にしても、水遁《すいとん》や雷遁《らいとん》にしても、ボルトの実力であることをこれっぽっちも疑わなかったのだ。

なのに。

（ボルト……）

ブーイングを浴びながら、ボルトはただうつむいていた。

＊＊＊

ナルトの手が、ボルトの額当《ひたいあ》てを取る。

何かを言い返そうと思ったが、何も言えなかった。

まるで自分自身が罪人《ざいにん》であるかのように、ナルトはとてもとても、悲しい顔をしていたからだ。

自分が何を踏みにじり、何を陵辱《りようじよく》したのか。

少年はようやく、理解しつつあった。

それほどに。

ナルトの瞳《ひとみ》は、悲しかった。

「行くぞ……今は試験中……説教は後だってばよ！」

だが。

理解したとしても、なお。

説教は後だ、と言われたことが、ボルトの中にあるもうひとつの思いを激発させた。

「後で……説教？　父ちゃんに!?　ホントにそんな時間があんのかよ!?　ちゃんと説教さ

れてたら……今、こんな状況になってねーってばさ!!」

ボルトも、それが自分の行動を正当化するものでないことは、本当はわかっていた。

わかっていたが、叫ばずにはいられなかった。

叱《しか》ってほしかった。

真っ正面から、ひとりの父として、息子に相対《あいたい》してほしかったのだ。

それが、こんな形になってしまったことが、ただただ、悲しかった。

「ボルト……」

ナルトが何かを言おうとした、そのとき。

駆け込んできたのは、カタスケたちだった。

「カタスケ班長!?」

「貴様……!」

「ボルトくんが優勝できなくて我々もまことに残念ですよ……七代目」

カタスケは、ボルトの知らない目をしていた。

小ずるい、子供を食い物にする大人《おとな》の目だった。かつて自分が子供だったことを忘れ、踏みつけにすることを恥じない、そんな汚《きたな》い大人の顔をしていた。

「本当は優勝してから科学忍具のことをバラそうと思っていたのにねえ」

「お前ら……!?」

ボルトはようやく、自分がダシにされていたことに気づいた。

「お集まりの皆様！　このボルトくんの使っていた科学忍具！　失格にはなりましたが、ここまで彼を導《みちび》いたのは間違いなくこの科学忍具の成果あってのもの！」

会場が大きくざわつく。

カタスケは我《わ》が意を得たり、と、小手《こて》とカートリッジを芝居がかった動作で掲《かか》げてみせた。

「カタスケ！」

ナルトが制止しようとするが、カタスケは止まらない。

「そこで五影《ごかげ》様、大名《だいみょう》の皆々様、他里の方々にこのすばらしい科学忍具のアピールをこの場を借りてさせていただく!!」

ひどい策だった。

強引《ごういん》に結果をアピールして、周囲の承認さえ取りつけてしまえばナルトであっても、首を縦《たて》に振らないわけにはいかないだろう、という計算が丸見えだった。研究の実務能力以上に、空気を読むコミュニケーション能力でのしあがってきた小ずるい技術者の姿が、そこにあった。

＊＊＊

その、ときだった。

ふたりの鬼が、闘技場にあらわれたのだ。

それが、得体《えたい》の知れない〝敵〟であることは、誰の目にも明らかだった。

「ほう……」

若いほうの鬼が、じっとナルトを見ていた。

ボルトは動けなかった。

それは、ボルトがまだ知らない、本当の死の気配だった。

「こいつだ……ここの苗床《なえどこ》で一番多く強いチャクラを持っている。こいつから回収すれば、神樹《しんじゅ》を植え直せる……」

鬼の目は、黄泉《よみ》の淵《ふち》のように暗かった。

「おいおい！　何だ君たちは!?　今この会場は私の……」

状況を理解せず、近づこうとしたカタスケが、小手《こて》の力を発揮するまもなく、今ひとりの鬼の一撃を受けて吹き飛ばされた。

「ワレの白眼《びゃくがん》には狐《きつね》が見える……狐、こっちへ来い」

「狙《ねら》いはオレか……」

ナルトの頬《ほお》を、わずかに汗が伝った。

＊＊＊

ただごとではないのは、五影たちにも明らかだった。

ダルイがそう言ったのを皮切りに、我愛羅たちも動きだす。まずは観客を逃がすのが先決だった。

「行くぜ」

すでに会場はパニックに陥《おちい》っている。大名《だいみょう》や里人は素人《しろうと》だ。将棋倒《しょうぎだお》しで二次被害が出る前に、食い止めなければならなかった。

＊＊＊

巨大な鬼が、腕を振り上げた。

「逃げろ、ボルト！　リー、皆を！」
その前に、ナルトが立ちふさがる。
多重影分身《たじゅうかげぶんしん》。
千人を超えるナルトが、現出する。
（すげェ……！）
鬼の拳《こぶし》が、大地を砕《くだ》く。
闘技場が崩《くず》れ始めた。

＊＊＊

色々な、ことがあった。
それぞれの忍者たちが、それぞれの術を使って、愛する人々を守った。
その中には、逃げ遅れた里の子供を助けようと疾走《しっそう》するサラダの姿もあった。
泣きじゃくる子供を抱きしめ、立たせた、そのとき。
サラダの上から飛来する、巨大なコンクリートの瓦礫《がれき》があった。
「！」

避《よ》けきれない。

自分は避けられても、その動きに子供が耐《た》えられない。

恐怖するサラダの眼前で、瓦礫が砕《くだ》け散った。

母、サクラの鉄拳だった。

が、砕けた巨大な瓦礫は、破片であっても、十分な殺傷力を持って、サラダに迫《せま》る。

「サラダ！」

駆け寄ってきたのは、ミツキだった。

「！」

サラダはためらわず、ミツキに子供を預《あず》けた。自分も子供も、両方は間に合わない。

ならば、迷うことはない。

サクラが瓦礫を砕いてくれた以上、即死はしない。骨の一本や二本なら……！

そう、思ったときだった。

ふわり、とサラダの体が宙に浮いた。

「大丈夫か」

「あ……」

自分と同じ、写輪眼《しゃりんがん》が優しくサラダを見つめていた。

父、サスケの強い腕が、自分を助け出していた。

不世出《ふせいしゅつ》の忍《しのび》、うちはサスケの姿が、そこにあった。

「サクラ、ふたりを頼む」

着地したサスケは、鬼をにらみつけた。

「——あれが、敵。カグヤの巻物に記《しる》されていた、オレたちの敵だ！」

＊＊＊

サスケは須佐能乎《スサノオ》の刃《やいば》を手に、巨漢の鬼へと肉薄する。あの城で仕留《しと》め損《そこ》なった男だ。

「うおおおお！」

巨大な刃を振り下ろす。重さ、速さ、タイミングのいずれをとっても、討《う》ち取《と》れると確信できた。

だが、敵手《てきしゅ》もいずれ常人にあらず。

「二度は角《つの》を折らせぬよ！」

ぶん！

と、これまたすさまじい速度で振られたマサカリの刃が、サスケの一撃をはじき返した。

「ぐ！」

サスケの体が流れ、姿勢が崩《くず》れる。

「とどめ！」

鬼が、動いた。

否《いな》、動くと見えた。

一挙動に半《なか》ばしたところで、その動きが凍《こお》りつく。

「動きは止めた！　今だサスケ！」

誰あろう、奈良シカマルの〈影縛《かげしば》り〉である。息子《むすこ》のそれをはるかに超える精妙さで、巨漢の鬼の動きを封じ込めていた。

だが。

「これか」

影が、消えた。

若い鬼の手にあらわれた文様《もんよう》が、影を吸い取ったのだ。

（…………輪廻《りんね》眼《がん》と同じ術か!?）

酷似《こくじ》していたが、異《こと》なる力だった。むしろ、カタスケの〈小手《こて》〉が術を吸収する原理に近いのかもしれない。

「かたじけない！」

巨漢の鬼が、走った。

チャクラで生み出された巨大なマサカリが、自在に形を変えながら、息もつかせぬ連続攻撃を繰《く》り出《だ》す。サスケの写輪眼《しゃりんがん》と体術あって、どうにか防御できる、それほどの速度だった。

「角のうらみだ！」

マサカリがひときわ巨大化した。

回避すれば、あるいはサスケは助かったかもしれない。

だが、そうすれば崩壊《ほうかい》しつつある闘技場が崩れていただろう。ガードを選んだサスケの体が吹き飛ばされ宙に流れて、したたか壁に叩《たた》きつけられた。

＊＊＊

その光景を見てしまったサラダは、走っていた。

ミツキを母に任《まか》せて、ただ、走る。

理屈ではなかった。

勝ち目があるはずもなかった。

けれど、戦わねばならなかった。

自分は忍者であり、うちはサスケの娘なのだから。

＊＊＊

サスケに止《とど》めを刺そうとした鬼は、横合いから迫《せま》るサラダに気づき、マサカリを横薙《よこな》ぎに振った。

「サラダ！」

跳躍《ちょうやく》し、サラダを救う影。

ナルトだった。

その体を包むチャクラが半《なか》ば、尾獣《びじゅう》と一体化している。あたかも、人の姿をした狐《きつね》のようだ。

「そこか！　狐！」

が、サラダを抱きかかえ、動きの鈍《にぶ》ったナルトを見逃《みのが》す鬼たちではない。若い鬼が、ナルトへと迫る。

そのときだ。

ようやく、恐怖を振り払って、ボルトが動いた。

今、自分が忍《しのび》でないとか、そういうことは頭になかった。

ただ、体が動いたのだ。

小手《こて》のカートリッジに収《おさ》められた忍術の限りをすべて鬼に投げつける。

「ウオオオ!!」

だが、それはシカマルの〈影縛《かげしば》り〉と同じ結果に終わった。ことごとく、若い鬼の右手がボルトの投げた術を吸収してしまうのだ。

火遁《かとん》、水遁《すいとん》、雷遁《らいとん》、土遁《どとん》による岩塊《がんかい》、風遁《ふうとん》のカマイタチ……秘術のすべてが、朝日の前の夜露《よつゆ》のように消えていく。

鬼が、わずらわしそうにボルトを見た。

殺されると、思った。

それは初めての、どうしようもない死の気配だった。

「待て」

割って入ったのは、父だった。

時間稼《かせ》ぎにはなったらしい。今はそれで満足する他なかった。

「何者だってばよ!?」

「我《われ》は大筒木《おおつつき》モモシキ」

若い鬼が名乗った。

「オレは大筒木キンシキだ」

巨漢の鬼も名乗った。割《わ》れ鐘《がね》のような声だった。

「目的は何だ!?」

「この苗床《なえどこ》にいた、大筒木カグヤのやりそこねたことをやり直すだけよ」

「さよう。散ったチャクラをひとつの実にし、回収する」

鬼たちは目的を告げた。

それはつまり、知られたところでナルトたちにはどうすることもできまい、という侮《あなど》りの表れだった。

「お前たちは、その実を手に入れてどうしたいんだ?」

「丹《たん》を錬成《れんせい》する」

聞き慣れない言葉だった。

「丹? 薬のことか!」

「さよう。不老長寿、怪力乱神《かいりょくらんしん》、すべてがその丹を食すだけで手に入る」

モモシキ、と名乗った鬼が、不思議な色をした丸薬《がんやく》を見せつけるように、手の中で転がした。

「手間もなく手軽に事を為《な》せるからな」

その言葉は、ボルトの胸を刺した。

自分と同じだ、と思ったからだ。

「お前等《ら》、下等生物にはわからぬことだ」

冷たく、まるで路傍《ろぼう》の石を見るような無関心さで、ふたりの鬼は空中へと上がっていく。

「カグヤの巻物には、こいつらがいつかチャクラの実を取りにくると記《しる》されていた……」

サスケだった。

「カグヤが白《しろ》ゼツの兵を集めていたのはこいつらに対抗するためだったようだな……」

つまりそれは、あのカグヤをして、兵なくしては対抗できぬ相手、ということだった。

最悪の展開だった。

＊＊＊

上空のモモシキにとって、下の忍者たちのあれそれは、関《かか》わりのないことだった。彼にとってこれは、雑事のひとつでしかない。

「……どうせこの苗床《なえどこ》も綺麗《きれい》に整《ととの》え直さなくてはならぬからな……ついでにやっておくか……」

モモシキは先ほど取り出した丹《たん》をパクン、と口の中に放り込んでみせた。

「狐《きつね》……お前は死なぬよな」

左手の文様《もんよう》を前に出す。その文様が光りだす。

炎の嵐が、降《ふ》り注《そそ》いだ。

＊＊＊

サラダが、怯《おび》えていた。

ムリもない。

あのような次元の敵を相手にしたのは、初めてと言っていいはずだ。父のいくさぶりを間近に見たことがあっても、これほどではない。

これまでボルトやサラダが知っている世界とは、違うのだ。いや、多くの忍者たちにとっても、そうだろう。

これは、父たちがくぐりぬけてきた神話の領域にある戦いなのだ。

だが、それでも。

ボルトは、怯えているサラダを守らねばならない。そう思った。顔向けできるできないではない。相手がどう思うかではない。やらねばならぬのだ。

小手《こて》を構《かま》える。

カチリ。

乾いた音がした。

弾切《たまぎ》れだ。

借り物の力に、終わりが来たのだ。

「こんなときに！」

だが、ボルトはあきらめなかった。あきらめてしまえば、自分はそれこそ、忍《しのび》どころか、男でなくなってしまう。

影分身《かげぶんしん》を展開。

サラダの盾《たて》となって、五人のボルトがその身を投げ出す。

＊　＊　＊

ナルトが、腹を叩《たた》いた。
みずからの内に封印された〈尾獣《びじゅう》〉九喇嘛《クラマ》を解放したのだ。
「やるぞ九喇嘛！　なまってねーだろうな！」
「はっ！　バカ言え！　ありったけでいくぞ！」
人と獣《けもの》が完全に重《かさ》なり合《あ》っていく。
それは、妖《あや》しい美しさだった。
形を取った、神話の姿。
ボルトが初めて見る、父の本気だった。
武器持たぬ者をかばう、守護の盾《たて》。
それがナルトだった。
モモシキから放たれた降《ふ》り注《そそ》ぐ炎の嵐を、ことごとく防いでいく。
炎だけではない。
津波。

雷。

地割れ。

烈風。

（あれは……オレが使ったカートリッジの術か……!?　あいつ、吸い取った術を増幅して使えるのか！）

それらの攻撃はすさまじいものだったが、ナルトはそれを影分身《かげぶんしん》とともに阻《はば》みきっていた。

服がちぎれ、血がにじみ、足が震えても、決してナルトは屈しない。背後にいる人々のために、その背中は決して揺らがない。

「ナルト！」

駆け寄ったサスケが須佐能乎《スサノオ》を展開。九喇嘛と融合《ゆうごう》させ、ナルトにチャクラの甲冑《かっちゅう》を纏《まと》わせる。

「すまねえ……サスケ」

「オリジナルのお前がやられてしまえばここは終わりだ」

サスケは、自分を守ることなど考えていなかった。だから、須佐能乎をナルトに手渡すこともためらわない。ただ冷徹に、己《おのれ》のなすべきことをする。

それが、うちはサスケという男の忍道《にんどう》だった。

＊＊＊

（面倒だ）

モモシキが感じたのは、その一語だった。

この星の者どもは、カグヤの残したチャクラを、奴《やつ》らなりに活用していると見えた。

他の星の者たちなら、初撃で殲滅《せんめつ》できていたはずである。こうも手こずらされるのは、面白《おもしろ》いことではなかった。

〝親役〟のキンシキの前で、これ以上ブザマをさらすのは、愉快ではない。

「キンシキ、お前も手伝え。……次で決める」

「ハイ……」

巨大なチャクラのマサカリを出して、ナルトに向かって投げつけるキンシキ。牽制《けんせい》だったが、ナルトの動きを止めるには十分だった。

「これで攻撃の術は弾切《たまぎ》れだ」

モモシキの左手から、巨大なエネルギーの塊《かたまり》が出現した。

〈八尾《はちび》〉から吸い取った〈尾獣玉《びじゅうだま》〉だ。

数倍に増幅されたそれは、まるで破滅を告げる彗星《すいせい》のようだった。

その禍々《まがまが》しい光が、すべてを圧していく。

＊＊＊

ボルトが最後に見たのは、父の背中だった。

迫《せま》りくるエネルギーの奔流《ほんりゅう》から、自分を守ろうとしてくれた。

漆黒《しっこく》の須佐能乎《スサノオ》の甲冑《かっちゅう》に守られているのは、オリジナルだけだ。師と、父が、一体となった守り。

そこには、怒《いか》りも哀《かな》しみもなかった。

ただただ、子を守ろうとする親の姿があった。

（オレは）

エネルギーの嵐が、すべてを砕《くだ》いていく。それでもナルトは、盾《たて》になった。

（父ちゃんの何を知っていたんだろう。何を知ろうとしていたんだろう）

その問いに答えがないまま、暴風のような破壊の嵐が、ボルトの意識を呑《の》み込《こ》んでいった。

＊＊＊

病院のベッドで目を覚まして、最初に見たのは、泣きじゃくっているサラダの姿だった。

どうやら自分の無事を喜んでくれているらしい、と理解するのに、数十分かかった気がしたが、後から思い返すと二秒程度のことだったのだろう。

頭の中が、ひたすらガンガンしていた。

意識が、遠い。

周《まわ》りのベッドも、怪我人《けがにん》でいっぱいだった。そのうちのひとつに、絶対に見たくない、大切な人の傷ついた姿があった。

「母ちゃん！」

ボロボロの母に、ヒマワリが泣きながらしがみついている。

その瞳《ひとみ》が、呼びかけに答えない。

悪夢のようだったが、全身を貫《つらぬ》く激痛が、これが夢ではないと伝えていた。

「大丈夫……助かるわ」

母のベッドの側《そば》に座る、治療のためにチャクラを使い果たしたのであろうサクラが、弱々しく笑いかけた。

「どうして、母ちゃんが……！」

「ナルトを取り戻そうとしたのよ。戦ったわ。けれど……」

「取り戻そう、って……」

ボルトは慌《あわ》てて、周囲を見た。

いない。

父も、鬼たちも。

「七代目様は、鬼たちに連れていかれたわ……」

そう、告げたのはサラダだった。傍《かたわ》らには、包帯だらけのミツキもいる。サラダの目が、涙をこらえていた。

「そんな……」

「みんなを守って、チャクラを使い果たして……。私たち、七代目様を守れなかった……」

ボルトはその言葉を、最後まで聞けなかった。

父とても、負けることもあるのだ。

ただ、我知らず走っていた。

なぜか足が、火影室へと向いた。

＊＊＊

火影室には誰もいなかった。

中枢《ちゅうすう》指令機能そのものは、火影室には持たされていないからだ。火影が不在の場合、シカマルを中心にしたチームが対処する。

今がまさにそのときで、上忍《じょうにん》たちは火影の喪失《そうしつ》を前提として活動している。もはやこの部屋は、無人だった。

たくさんの写真が並んでいた。

歴代の火影の写真。

祖父、ミナトの写真。

そして、父の写真。

誕生日の口論が、脳裏《のうり》をよぎる。

『父ちゃんがガキの頃は火影のじいちゃんはこの世にもういなかったって言うじゃん！

そしたら親子のこの楽しい状況も知らずにすんでたんじゃねーのかなあ！　父ちゃんだけはさ！』

違う。

そういうことじゃない。

『こんなんなら火影の親なんて……最初からいねーほうが……』

そういうことでもない。

『一日中机の前でえらそーにしてるだけだろ!?　誰でもいいじゃねえか！』

嘘《うそ》だ。

あんなことは、誰にもできない。

他の誰が、無償《むしょう》で、居合わせたすべての人たちのために命を投げ出せるだろう。老《お》いも、若きも。忍《しのび》も里人も。大名《だいみょう》も侍《さむらい》も。おそらくはナルトを憎んでいるであろう人々も含めて、彼は守ったのだ。

誰でもいいはずがない。

七代目火影は、うずまきナルトでしかありえない。

ボルトは机の上に、家から投げ捨てたナルトのボロボロの服を見つけた。

「…………」

その服を手に取って見つめるボルト。

ボルトはナルトの服を着て、姿見《すがたみ》の前に立った。

「ダッセーな……」

薄汚《うすぎたな》い服を着た、みすぼらしい少年がそこにいた。

何もかもが借り物だった。

自分のものではなかった。

自分は〝うずまきナルトの息子《むすこ》〟でしかないことを、痛感する他なかった。

「……オレ」

特にダサい、と思えた小手《こて》を外《はず》すと、ボルトは一呼吸して、ゴミ箱に投げ入れた。たとえカートリッジが残っていても、もう使いたいとは思わなかった。

「そのとおりだな……」

振り向くと、そこにはサスケが立っていた。

もう、傷も疲労も感じさせない。いつものクールで冷徹な師が、そこにいた。

「お前は今回の試験で皆に軽蔑《けいべつ》された……額当《ひたいあ》ても取りあげられ、今や忍ですらない。さらには妹は泣き、母はケガを負《お》い……父はいなくなった……」

「…………」

「慕《した》ってくれる妹と自分を心配してくれる母がいなけりゃ、かつてのナルトと同じ状況だな……」

かつての父。

サスケが知るべきだ、と言った、下忍《げにん》だった頃の父。

父には、家族すらなかったのだ。

「で……どうする？」

ボルトはじっと、鏡で自分の姿を見た。

火影の息子とか、天才とか、そういうことではない。等身大の、ちっぽけな自分。

涙を、こらえる。

「……父ちゃんは……どうしてきたの？　どうやって、今みたいなダメなのから、這《は》いあがったの？」

知りたかった。

どうやれば、ああなれるのだろう。どのようにすれば、こんなに惨《みじ》めでなくなるのだろう。

「弱点が知りたいだけじゃなくなったな」

わずかに、サスケが微笑《ほほえ》んだ。

「なら、ナルトに後で直接聞け」

「!!」

「オレはあいつのチャクラを感知できる。……つまり、まだ死んじゃいないってことだ」

サスケの言葉には、静かな、しかし力強い暖かさがあった。

「……どうしてサスケのおっちゃんは、こんなオレのこと、気にかけてくれんの？」

「お前は本当は強い忍だ。オレはあいつに負けたが、お前ならあいつに勝《まさ》る男になれる」

「…………どうしてそんなこと言えるんだよ!?」

カタスケの追従《ついしょう》とは、まるで違う、もっと厳しい言葉だ。そう、ボルトは感じた。今ようやく彼は、父に勝つ、ということの重さを理解しつつあった。

「お前はあいつの息子であり、さらにはこのオレの一番弟子《でし》だろ。そして何よりお前は
……」

一瞬、ボルトは泣きそうになった。

まだ、この男は自分を弟子と呼んでくれるのだ。

師から授《さず》かった技《わざ》ではなく、借り物の技で戦いに挑《いど》んだ自分を。

「ナルトよりウスラトンカチだ」

「……ウスラトンカチ……それって……？」

「負けず嫌いってことだよ」

……そうだ。

まだ、負けたわけではないのだ。

＊＊＊

火影室に、四人の忍《しのび》たちが入ってきた。

ボルトも何度か会ったことがある。我愛羅、長十郎《ちょうじゅうろう》、ダルイ、黒《くろ》ツチ――すなわち、風、水、雷、土の四影たちだ。

「行くか」

風影、我愛羅の言葉には、いささかの迷いもなかった。背には瓢簞《ひょうたん》。その中に収《おさ》められた砂の絶対防御で、弱き者たちを守り抜いた、不壊《ふかい》の勇者。

「ああ」

それが何を意味しているのかは、明白だった。

「五影のひとりをないがしろにしちゃあ五影の名がすたるからよ」

ダルイが笑った。ちょっと見にはチャラい中年男、という風貌《ふうぼう》だが、その実は誰よりも素早《すばや》く、不敵な男だ。

「まだ五影になったばかりのボクの力……皆さんにお披露目《ひろめ》してないですしね」

長十郎がメガネを輝かせた。五影の中では最強の剣客《けんかく》と噂《うわさ》されている人斬《ひとき》りだ。

「やってやろうじゃない」

黒ツチが、妖艶《ようえん》な唇《くちびる》を二、と釣り上げて笑った。五影唯一《ゆいいつ》のくノ一である彼女は、五人の中でもっとも油断《ゆだん》ならぬ、幻術の使い手である。

「オレの輪廻眼《りんねがん》では奴《やつ》らの元へ送り込める人数は限られている。これが、最良の人選だ」

傷ついたサスケが、不敵に微笑《ほほえ》んだ。

彼らは何ひとつ迷っていなかった。ナルトを救出できる、と確信していた。

当然だ。

彼らは最強の忍、五影なのだから。

我愛羅が、ボルトに目を留《と》めた。

「まるでかつてのナルトだな……」

優しい目をしていた。

少し、いや、かなり照れくさかった。

「力が入りそうだ」

「イヤ……このままじゃまだ少し足《た》りてない」

サスケがニヤリ、と笑って、帯に挟《はさ》んだ古い、傷のある額当《ひたいあ》てをボルトに差し出した。

「これを貸してやる」

「これ……」

「貸すだけだ。臨時に、木ノ葉の忍として、特別にこれを許す」

その意味は、わかるつもりだった。

「ボルト」

「おっちゃん……」

「子供は……間違う。オレも、ナルトも、間違った。かつてオレは友を裏切り、ナルトは火影の禁書を盗んだ」

「！」

「――それを叱《しか》り、許し、導《みちび》いてくれたのは、大人《おとな》たちと、友だった。間違わない子供はいない。だからこれは、オレたちの責任だ」

「……はい！」

ボルトは、その額当てを受け取った。

ようやく、その重さが、わかった。

＊＊＊

ヒナタはうっすらと目を開けた。

少年時代のナルトが、そこに立っていた。

いつも笑っていて、いつも輝いていて。どんな辛《つら》いときでも、決してくじけなかったあの顔があった。

日向の家に押しつぶされそうになった自分を支《ささ》えてくれた、あの顔だ。

「母ちゃん」

少年のナルトが、自分をそう呼んだ。

ああ、そうだ。

ナルトよりも透《す》き通《とお》った目をした、息子《むすこ》。

「待ってろよ、母ちゃん、ヒマワリ！　父ちゃんは、オレが助けてくる!!」

その額《ひたい》に、疵痕《きずあと》の残る額当てが輝いている。

＊＊＊

「ボルト」

サラダはその姿を、まぶしいと思った。

自分もついていきたい、と思ったが、今の自分が足手まといなのも、別働隊があった場合に備《そな》えて里に残る者が必要なのも、わかっていた。

「サラダ、里を頼むってばさ！」

だから、そう言われたとき。

もう一度ボルトを信じられる、と素直《すなお》にそう思ったのだ。

なぜなら、ボルトの瞳《ひとみ》は、今でもサラダがずっと見ていたあの輝きを保《たも》っていたからだ。

そして、ボルトの側《そば》には、父がいるからだ。

忍者たちが、飛翔《ひしょう》する。

第五章

うずまきボルト！

ナルトは暗闇《くらやみ》の中にいた。

木《こ》ノ葉《は》隠《がく》れの里からさほど離れたとも思えぬが、見覚えのない場所、というよりは異界だった。

ひどく暗く、空が歪《ゆが》んでいる。この世の空間でないことは明白だった。

(カグヤも人を異界に飛ばす力を持っていた……。結界《けっかい》、あるいは亜空間《あくうかん》のようなものか?)

半分くらいは息子《むすこ》のやっていたゲームの設定の受け売りだったが、さほど実体からずれていないはずだった。

身動きが取れない。

物理的に拘束《こうそく》されていた。柱に縛《しば》られているのだ、とすぐに理解できた。

「こやつだけ特別多いな……時間がかかる」

モモシキ、と名乗った若い鬼が、ナルトの腹に手を当て、チャクラを吸いあげていく。

苦痛、というレベルではなかったが、ナルトは命乞《いのちご》いをして相手を喜ばせてやるつもり

はなかった。

（術を……吸いあげるのと同じ原理で………オレの体の中の九喇嘛《クラマ》を引きはがすつもりか……）

こやつだけ、という言葉から、他の人柱力《じんちゅうりき》も襲《おそ》われたという察しはつく。

「悪《わ》りーな……そう、手間なく手軽には……いかねーんだってばよ」

それは、苦しい道を歩き続けてきた男の、実感だった。彼の中にいる尾獣《びじゅう》は、ただの妖《あやかし》ではない。ともに苦難の中、歩《あゆ》み続けてきた、友なのだ。

「オレら忍者ってのはな」

ナルトは空を見上げた。

期待した影が、そこにあった。

＊＊＊

木ノ葉隠れの里、緊急司令室。モニターに表示される里の状況は、ひどいものだった。

シカマルはひたすら、大量のデータと格闘を続けていた。

（カタスケの奴《やつ》がいないが……）

こんなときのために科学忍具班が必要なのだが、闘技場の真ん中にいた以上、無事ではない、と考えるのが妥当《だとう》か、とシカマルが考えたそのとき。

ボロボロになったシカダイが駆け込んできた。友を、ボルトを案じる男の顔をしていた。

「なあ……オレたちも行かなくていいのか、親父《おやじ》？　サスケさんが時空間の門を開けてくれたんだ。なんとか、ここに残った忍《しのび》なら、もう一度ゲートを開けて……」

「救出作戦の成功率は数じゃねえ」

シカマルは息子《むすこ》を、というより若い士官候補生をたしなめた。こういうときに必要なのはセオリーを破ることではない。セオリーに立ち返ることだ。

「忍者の小隊は少人数が原則だ。それが五影《ごかげ》にサスケときてる。心配すんな」

「でもよ！」

「今こっちがやることは里の傷ついた人々を助け、連中のバックアップ体制を整《ととの》えること。居飛車穴熊《いびしゃあなぐま》の総囲《そうがこ》いってやつだ」

「何だよそれ？」

シカダイが首をかしげた。

「守りの戦法だ。今度将棋《しょうぎ》を教えてやる」

＊＊＊

柱に縛《しば》られたナルトがニヤリ、と笑った。

「！」

意図を察し、モモシキが顔を上げる。もう遅い。

空間が裂け、懐《なつ》かしい顔が飛び込んでくる。

万華鏡写輪眼《まんげきょうしゃりんがん》を輝かせたサスケ。

それによって開かれた門とともに突入してくる、我愛羅《ガアラ》、長十郎《ちょうじゅうろう》、黒《くろ》ツチ、ダルイ。

そして、誰よりも、ボルト。

金色の髪をなびかせ、青空の色をした瞳《ひとみ》で、父だけを一直線に見つめて闇《やみ》を切り裂いて飛ぶ、少年の姿。

「行くぞ！」

我愛羅の瓢箪《ひょうたん》から砂がこぼれ落ちる。懐かしい技《わざ》だった。そういえば、あの男と最初に出会ったのも、中忍《ちゅうにん》試験のときだ。

それをきっかけに、長十郎、黒ツチ、ダルイが砂を足場にして飛翔《ひしょう》する。

「はぁっ！」

長十郎と黒ツチが仕掛けた。

「こしゃくな！」

巨大なマサカリを展開しキンシキはふたりを迎撃する。ひらり、と回避する長十郎と黒ツチ。

もとより、牽制《けんせい》だ。

言葉などなくても、彼らはわかり合える。

「！」

モモシキの足下《あしもと》に伸びる我愛羅の砂。モモシキは間一髪《かんいっぱつ》で跳躍《ちょうやく》して回避するが、その空中にはダルイが待《ま》ち構《かま》えている。

「なんつーの？　潰《つぶ》しちゃうよ」

ダルイがその筋肉そのものを質量弾《しつりょうだん》にして、モモシキに襲《おそ》いかかる。が、モモシキはその攻撃を捌《さば》いてみせた。しかし、それもまた牽制である。その後方から迫《せま》るのは、絶対防御の砂を纏《まと》った我愛羅！

「我らより逃げおおせると思うなよ」

「下等種が！」

モモシキの刃《やいば》を、がっきと我愛羅は砂の刃で受け止めてみせた。

＊＊＊

ナルトの前に、ボルトとサスケがあらわれた。

懐《なつ》かしい服を着て、懐かしい額当《ひたいあ》てをつけた息子《むすこ》の姿が誰の仕込みかは、すぐにわかった。

（まったくよ……サスケの奴《やつ》……いつもいつも気取りやがって……）

ボルトは手際《てぎわ》よく、ナルトを拘束《こうそく》する枷《かせ》を切断していく。その姿は、本当に自分によく似ていた。

「……どうしてそれを着て……？」

「色々あってな。……まあ、忍者になったってことさ」

サスケはフッ、と笑って跳躍《ちょうやく》した。言いたいことは言った、という顔だった。キンシキのほうへと猛然と襲《おそ》いかかる。

「そうか」

サスケがそう認めたなら、それでいいのだろう。

ボルトの顔つきは、実際変わっていた。

どこか、甘えのようなものがなくなり、自分がやらねばならない、という決意が露《あら》わになっている。

男子は三日会わざれば刮目《かつもく》して見よと言うが、数時間前とは大違いだった。

「はは……まるで自分の影分身《かげぶんしん》を見てるようだ」

「オレ……ちったあかっこよく見えっかな？」

「前よりはな」

「へへ……少しは前のオレを見ててくれたんだ……？」

ナルトの胃に、重い物が押し込まれた、と思った。

自分は、自分の味わった孤独を味わわせたくなくて、家庭を作ったつもりなのに、別の寂《さび》しさを息子に強《し》いてしまったのだ。

「……ボルト……すまなかった。今まで、お前に構《かま》ってやれなくて……」

今、言うことではないのかもしれない。が、次の瞬間は死んでいるかもしれないのだから、言葉にして詫《わ》びるべきだ、と思った。

「これからは……」

「今までどおりでいいってばさ」

ニカッ、と息子は快活に笑い飛ばした。

ムリをしている、という顔ではない。

「ただ、たまに会ったときは説教じゃなくて……今度から父ちゃんの昔のことを教えてくれよ」

ナルトは一瞬、どう感じていいのかわからなかった。

自分の過去を知ろうとしてくれる、自分の遺伝子を継《つ》いだ息子の姿。

（ああ、そうか）

ナルトは息子の頭を撫《な》でると、チャクラを集中し、ふたたび九喇嘛《クラマ》と一体化していく。

（これが、父親ってことなんだな）

こんなときに不謹慎《ふきんしん》だとは思ったが、ひどく、ひどく嬉《うれ》しかった。

九喇嘛がニヤリ、と笑った。

＊＊＊

キンシキの巨大なマサカリが振り下ろされ、その刃《やいば》が長十郎の胸元《むなもと》をしたたかに切り裂いた。血しぶきがあがり、長十郎がたたらを踏む。

「追いつめたぞ」

「あなたのことでしょう？」

長十郎が鮫《さめ》のように笑った。

地中から出現した黒ツチが、キンシキの胸元に肉薄する。

「こしゃくな！」

後方に跳躍《ちょうやく》するキンシキ。

その背後に、サスケの影。右目の写輪眼《しゃりんがん》が発動する。本気だった。

零《ゼロ》距離で千鳥《ちどり》。

その動きには、誰もついていけない。

「ぐ！」

キンシキは千鳥をもマサカリで受けるが、マサカリが千鳥の威力に耐《た》えられず崩壊《ほうかい》する。

そこに長十郎が上空から迫《せま》る。手には巨大な刀が握《にぎ》られている。驚くべき鮮《あざ》やかな連携であった。

「骨抜《ほねぬ》き！」

空中で愛刀・ヒラメカレイを切り離すようにふたつに分けると、その間に収束《しゅうそく》したチャクラがクナイ状の輝きになってキンシキに突き刺さる。

刀術は霧隠《きりがく》れのお家芸だ。

「ぐはあっ！」

キンシキの全身から血がしぶいた。ヒラメカレイから放たれたチャクラの針《はり》は、対象の経絡系《けいらく》を破壊する。即死させられなくてもじわじわと殺す、霧隠れならではの忍殺《しのびごろ》しの技《わざ》だ。

が、そこまでである。長十郎も負傷の出血ゆえに、膝《ひざ》をついた。しばらくは、動けまい。

やはりこのキンシキという男、ただものではない。

「土影《つちかげ》！」

「任《まか》せな！」

サスケの合図と同時に、黒ツチが口より石灰《せっかい》のブレスを吐き出した。

（熔遁《ようとん》・灰石封《かいせきふう》の術！）

「ぐ、ぐぐ……！」

「こいつは私が押さえる！　サスケ、あんたは七代目と！」

サスケはうなずいて、走りだした。

＊＊＊

モモシキはダルイと我愛羅のふたりを相手に、一歩も引かぬ戦いぶりであった。ダルイの剛刀《ごうとう》と、変幻自在の我愛羅の砂を、棒状に集束したチャクラでことごとく防御し、いささかも隙《すき》を見せぬ。

まず一級の達人と言ってよかった。

「遅れたってばよ！」

その均衡《きんこう》を崩《くず》したのはやはり、いつものようにナルトだった。いつでも彼は、意外性の男なのだ。

横合いから肘打《ひじう》ちを入れ、モモシキをよろけさせる。

続けて印《いん》を組み、追撃を――というところで、サスケが制止した。

「ナルト、こいつに忍術は使うな！」

無論、ただ制止するだけではない。同時に、モモシキの背後に回り、クナイを構《かま》えている。

空中で反転したモモシキが、大振りにサスケを切りつけるが、そこにあったのは、ナルトを縛《しば》りあげていたチャクラの柱だった。

変わり身の術である。

古典的だが、それだけに有効な技《わざ》だった。

別の影の中から出現するサスケ。

「お前は術を吸収し、そして術を吸収した分だけ放出できる……だろう？　科学忍具班のオモチャと同じ仕掛けだ」

「ならば、体術をメインにして貴様に術を吸収させねばいい」

砂を展開し、空間を制圧しながら我愛羅が続けた。

「カグヤのときと同じか」

そういうことなら、ロック・リーを連れてこられなかったのは残念だったが、まあ、たまには体術を披露《ひろう》するのも悪くない。

四人が大声で状況を説明していたのは、それで気を引き、モモシキを包囲するためだ。

ギリ、と鬼が悔《くや》しげに唇《くちびる》を噛《か》んだ。

＊　＊　＊

「モモシキ様！」

全身をヒラメカレイで切《き》り刻《きざ》まれながらも、キンシキは強引《ごういん》に黒ツチの束縛《そくばく》をほどきにかかった。

チャクラが全身に横溢《おういつ》し、筋肉がふくれあがる。

「はぁっ！」

吹き飛ぶ。その裂帛《れっぱく》の気合がそのまま攻撃となって、黒ツチを吹き飛ばした。が、黒ツチもただはね飛ばされたわけではない。ありったけのクナイを、キンシキの急所に打ち込んでいる。伊達《だて》に、土影と呼ばれる女ではない。

「ぐあっ……！」

「はぁ……はぁ……」

目の前に転がる女に止《とど》めをさす体力も惜《お》しかった。ヒラメカレイと、その後に続いた灰《かい》石封《せきふう》の束縛は、キンシキの肉体のほとんどを破壊していた。

（さすがは……この世界の手練《てだれ》……あと、もって数分か……）

その時が来たことを、彼は悟《さと》っていた。

思っていたよりも、冷静だった。

これならば、務《つと》めおおせるだろう。

最後の、ご奉公だ。

＊＊＊

モモシキは、追い詰められていた。

ナルト、サスケ、我愛羅、ダルイの四人を相手に、よく戦った、と言うべきであろう。

が、彼の力の根源は、他者の術を吸収することにある。しかし体術は外部に放出されるものではないから、これは吸収できない。

悪いことに、眼前の四人は、体術においてもまた超一級の忍者であった。

（ぐ……！）

血がしぶく。

彼が、生まれて初めての——ほとんどの人間にとってはそうだが——死を覚悟した、その刹那《せつな》。

間合いの外から、巨大な槍《やり》が飛んだ。

「がっ！」

避《よ》け損《そこ》ねたダルイが、肩口を押さえて吹き飛ぶ。

さらに、マサカリ。

これは我愛羅が砂の盾《たて》で受け止めたが、衝撃《しょうげき》を殺しきれずにやはり、はね飛ばされた。

絶対防御といえど、運動エネルギーそのものをゼロにできるわけではないからだ。

「ナルト！」

サスケの声の先には、血煙《ちけむり》を纏《まと》い、吶喊《とっかん》するキンシキの姿があった。

死を覚悟した、男の顔であった。

ナルトの螺旋丸《らせんがん》と、サスケの須佐能乎《スサノオ》が突き刺さる。

だが、それでもキンシキは止まらない。

「ぐおおおおおおおおおおおおお！」

全身のチャクラのすべてを絞《しぼ》り出《だ》し、無数の武器を現出させる。

その奔流《ほんりゅう》のごとき攻撃は、九喇嘛《クラマ》と化したナルト、そして須佐能乎を発動させたサスケすら、一撃ではね飛ばした。

まさに——。

死を決した者だけが持つ、暴風の突撃である。

むしろ、その攻撃をもってすら、誰ひとり殺されなかった、というところに、ナルトたちの非凡《ひぼん》さを見るべきであることは、疑いない。

そしてキンシキ自身、自分の突撃で、もはや彼らを殺せないことはわかっていた。

ふたりの鬼は、大筒木《おおつつき》カグヤを滅《ほろ》ぼしたこの世界の忍者たちを、侮《あなど》りすぎたのである。

＊＊＊

「キンシキ」

傷ついたモモシキの前で、キンシキの命の炎は潰《つい》えようとしていた。

だが、その表情は安らかであった。

彼らの一族の、それは定《さだ》めであったからである。

「さあ……モモシキ様。私のチャクラも食らうときが来たようです……」

モモシキはキンシキをじっと見つめた。

他に、できることはない。

「それが親役である私の務《つと》め。渡すのは力のみ……ためらわれるな」

キンシキはかつてそうであったように、モモシキを諭《さと》した。

「…………」

「我《わ》が親役がかつて私に力を委《ゆだ》ねたように……今度は」

「……無論だ」

キンシキに右手を伸ばすモモシキ。

時が、来たのだ。

術の力を根底から吸いあげる。

親役から子へ。

チャクラは、一族の財産に過ぎぬ。

それを最大効率で活用する。

それだけだ。

「グオオオオオオオ！」

キンシキのすさまじい悲鳴があがった。

彼の魂《たましい》が、モモシキの中に流れ込んでくる。

干《ひ》からび、朽《く》ちていくキンシキの姿。

モモシキの手の中に、複数個の丹《たん》が出現する。それが、対価だった。

「おまえ……仲間を……！」

「外道《げどう》が……！」

ナルトとサスケが立ち上がった。

何がわかる、とモモシキは思ったが、そのようなことを口にするのは、それこそキンシキの覚悟への侮辱《ぶじょく》であった。

返礼は、ひとつしかない。

「力の伝達……それが我が一族の掟《おきて》だ」

モモシキはこれ見よがしにキンシキから生み出した丹を食らった。その肉体の色が変わっていき、全身からチャクラが噴出する。

「もとよりこの星は我《われ》ら大筒木の苗床《なえどこ》！　さあ、すべてのチャクラを食らいつくすときが来た！」

まさにそれは鬼の姿だった。

父たる者の魂を食らった以上、鬼であるしかなかった。

それが、彼らの定めだった。

＊　＊　＊

鬼を超えた悪鬼羅刹《あっきらせつ》、もはや人ならざる業魔《ごうま》と化したモモシキは、周囲のチャクラを吸いあげ始めていた。

それは、彼の構築した異世界の外にまで漏《も》れ出《だ》しつつある。サスケの輪廻《りんね》眼《がん》は、その流れを読み取っていた。

意味するところは、ひとつしかない。

「あいつ、まさか……！」

「ああ。この星のチャクラを辺《あた》りかまわず食いつぶすつもりだ」

そのようなことを、許すわけにはいかなかった。

もはや問題は、尾獣《びじゅう》の奪《うば》い合《あ》いの話ではない。

この星に生きる人類が、明日を迎えられるかどうか、ということである。

「滅《ほろ》びよ」

モモシキの左手から、猛烈な炎が放たれた。

炎が巨大な猿《さる》、そして犬の姿を取る。

キンシキという鬼から吸いあげた力なのは、明白だった。

だが、ナルトとサスケもまた、ただの忍《しのび》ではない。

あの伝説の第七班の、ふたりである。

ふたりが力を合わせれば、できないことは何もない。

ナルトの螺《ら》旋丸《せんがん》が、サスケの千鳥《ちどり》が、炎の獣《けもの》を切り裂き、モモシキに肉薄する。

「オオオオオオ！」

モモシキも一歩も引かぬ。

巨大なチャクラの金棒《かなぼう》で、ふたりの英雄を迎え撃つ。

＊＊＊

ボルトは、ただそれを見ていた。

これまで、伝聞《でんぶん》でしか知らなかったこと。理解しているつもりになっていたこと。

だが、知っていることと、現場に出ることは違う。現場で、本当の大人《おとな》の、本当のプロの仕事を見ることは違う。

今、ボルトはそれを実感していた。

＊＊＊

モモシキは、わずかに自分が押されていることに気づきつつあった。

驚くべきことに、キンシキを吸収してすら、決め手になる力が彼の中には不足していた。

いや、違う。

認めるしかないことだが、目の前の男たちは、強い。

一対一なら、後《おく》れをとらぬだろう。

だが、ふたりの男は、一足《た》す一が二になるのではない。そのような計算をはるかに超えていた。

それは、ふたりでひとりの忍《しのび》だった。まるで、光と影、太陽と月のように。魂《たましい》が結び合わされて生まれてきたかのような力。

相反《あいはん》するふたつは森羅万象《しんらばんしょう》を得る。

古きうちはの伝承に伝わるその言葉を体現した、男たちであった。

おそらく、そのまま戦えば、ふたりはモモシキを圧倒していただろう。

だが常《つね》に、人の思いは、予想外の行動を招く。

今回の場合、それはモモシキに味方した。

＊＊＊

「いたぞ！　あれが中忍《ちゅうにん》試験を襲撃《しゅうげき》した化け物だ！」

両腕に小手《こて》をつけたカタスケと、部下たちの乱入が、それである。

サスケたちが門に突入したときに、潜《もぐ》り込《こ》んでいたのであろう。そのあたりは、さすが忍者というべきであったが、この状況においては、道化《どうけ》以外の何者でもない。

「この科学忍具の力をちゃんとカメラにおさめろよ！　これは絶好のアピールチャンスだ!!」

カタスケが小手を構《かま》えた。

悪いことに、ナルトたちもモモシキの超人的な動きに集中しているために、カタスケの存在を理解するのが、一瞬遅れた。

「くらえ!!　さっきの恨《うら》みと一緒にな!!」

カタスケの小手から、無数の忍術が放たれる。火遁《かとん》、水遁《すいとん》、木遁《もくとん》、雷遁《らいとん》、そして螺旋丸《らせんがん》。

木ノ葉じゅうからかき集めた秘術の数々が、モモシキに襲《おそ》いかかる。

いや——贄《にえ》を与える。

モモシキの右手が、その術をことごとく吸収した。

「礼を言うぞ、愚《おろ》か者《もの》ども！」

モモシキが、吼《ほ》えた。

キンシキの遺《のこ》した丹《たん》を食らい、さらなるチャクラとともに、吸収した術を増幅する。

「受け取れ！　ワレの心ばかりの礼ぞ！」

降《ふ》り注《そそ》ぐ。

世界の終焉《しゅうえん》のような紅蓮《ぐれん》の業火《ごうか》が、天地を貫《つらぬ》く雷鳴が、絶対零度《れいど》の吹雪《ふぶき》が、流星の雨が、
カタスケたちを真っ先に吹き飛ばした。

「下がれ！」

我愛羅は砂の盾《たて》を展開し、かろうじて長十郎たちを守りきった。

モモシキの放った〈影縛《かげしば》り〉が拡大し、ナルトを含む五影たちを束縛《そくばく》したのだ。先の戦いで、シカマルから吸収した術だ。切り札として、備《そな》えておいたのだろう。

漆黒《しっこく》の影が、すべてを包み込む。

それは絶望の暗さだった。

＊＊＊

「こ、これって……！」

迫《せま》りくる影に怯《おび》えるボルトを救出したのは、〈輪廻眼《りんねがん》〉による転移で危機を脱し、空間跳躍《ちょうやく》を行ったサスケだった。

ふたりの眼前で、チャクラの金棒《かなぼう》が二本、三本とナルトに突き刺さる。

「お前だけは念を入れておく！」

鬼そのものの形相《ぎょうそう》で、モモシキが吼《ほ》えた。

「父ちゃん！」

「大丈夫だっ……！」

腹と足。

どう考えても、大丈夫であるはずがない。

九喇嘛《クラマ》と融合《ゆうごう》していなければ、即死している傷である。

「狼狽《うろた》えるな」

サスケが、ボルトの首を抱くようにした。

「え……おっちゃん」

「今から、オレの言うとおりにやれ」

サスケの目は、真剣だった。ひいきでも、おべっかでもない。男が男を信じる、その瞳《め》をしていた。

「喜べ。これがお前の、初めてのAランク任務だ」

＊　＊　＊

「狐《きつね》は殺さん……だが、残りは邪魔《じゃま》だ」

モモシキの左手から、螺旋丸《らせんがん》が出現する。もとは、カタスケがコピーした木ノ葉丸《こはまる》の螺旋丸だが、大きさも込められたチャクラもケタ違いである。ナルトの大玉螺旋丸すら、はるかにしのぐ。

「く……」

動きを止められた我愛羅の周囲には、彼の母の思いが込められた砂が浮遊しているが、おそらくはそれですら、螺旋丸は削《けず》りきるだろう。

「終わりだ」

それは、キンシキの魂《たましい》のこもった螺旋丸だった。

それが、五影を打《う》ち砕《くだ》けぬはずはない、とモモシキは確信していた。

＊　＊　＊

須佐能乎《スサノオ》を展開したサスケは、ボルトを連れて空を飛んでいた。

「今だ！　さっき言ったとおりにお前の螺旋丸《らせんがん》を奴《やつ》に向かって放て!!」

「オレ……本当に……」

ボルトには、まだ自分が何かをできる、ということが信じられなかった。

自分の力。

誰かに頼らない、自分の力。

そんなものが、本当にこの戦場で意味をなすのか。

その不安を察したのか、サスケが静かに言った。

「師匠《ししょう》を信じろ。だからこそお前をここへ連れてきたんだ」

先にも述べたようにその言葉には、嘘《うそ》はない。

ボルトは、自分を信じられなくても、その言葉を信じてみようと思った。

（螺旋丸！）

＊　＊　＊

ボルトの螺旋丸《らせんがん》が飛んだ。

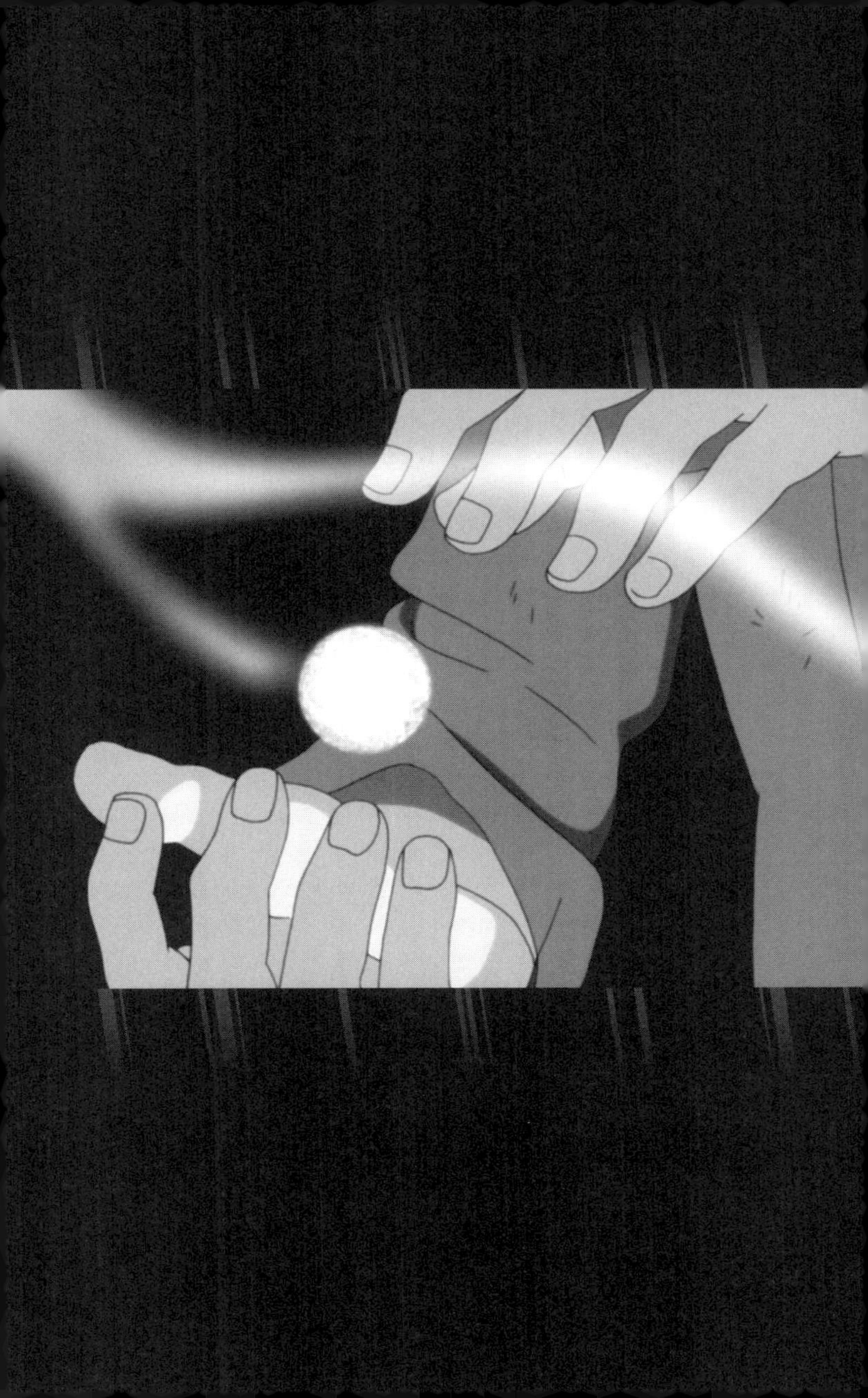

手のひらから離れて飛ぶのは、風遁《ふうとん》による性質変化が加わっているからで、これを誰に教わらなくともできるのはボルトの非凡《ひぼん》さである。

問題は大きさで、小さなボールほどもない。モモシキのそれとは、比較にならぬ大きさである。

「こんなものが……」

右手を開き、モモシキは吸収の構《かま》えをとった。

ポシュ。

が、その眼前で、螺旋丸が消える。

その程度か、と薄く笑ったモモシキの全身を、衝撃《しょうげき》が襲《おそ》った。

＊＊＊

サスケとボルト以外の誰もが、息を呑《の》んだ。

不意を突かれ吹き飛ばされたモモシキ自身、何が起きたのか理解できなかった。

わかっていることはただひとつ。モモシキが影縛《かげしば》りを維持《いじ》できなくなった、ということだけだ。

その間に、サスケはナルトの側《そば》に舞い降りることに成功していた。

「どういうことだ……!?」

ナルトは、目の前で起きた出来事が信じられなかった。

「いつのまに螺《ら》旋《せん》丸《がん》を!?　コレは会《え》得《とく》が大変な……」

「へへ……」

ボルトはようやく、自分の努力に意味があったことを理解した。きっと、この螺旋丸をきちんと披《ひ》露《ろう》していれば、シカダイに勝てはしないまでも、本当の意味での称賛《しょうさん》を得ることができただろう。

「さらにいきなり性質変化も加えて、消える螺旋丸だがな」

それを理解していたのは、サスケだけだった。

天性のものか、ナルトやヒナタから受《う》け継《つ》いだ血統によるものか。あるいは単に変なクセがついたのか。

ともかく、それは、ボルトだけの〝術〟だった。

「だが、ワレを倒すほどの力ではない」

屈辱《くつじょく》に満ちた形相《ぎょうそう》で、モモシキが立ち上がる。さらに丹《たん》を食らい、その皮膚《ひふ》が今や、闇《やみ》夜《よ》のように黒くなる。

「ボルト、もう一発だ」

サスケは冷静にそう言った。先の攻撃をしのぎきったが、我愛羅たちの消耗《しょうもう》は激しい。

自分たちがやるしかないのだ。

「……でも、オレの螺旋丸じゃ……」

「いいから、サスケの言うとおりに……」

意図を察したのか、父が優しく言った。できる、と信じてくれているのだ。

自分のことを。

こんな自分のことを。

それがたまらなく、嬉《うれ》しかった。

「……う、うん！」

ボルトとモモシキが、互いに螺旋丸を集束《しゅうそく》させていく。

お互いに最大の術を。

傷ついたナルトが、ボルトの右手に触れた。その甲を通して、ナルトがボルトの螺旋丸をさらに、さらに大きくしていく。

「こ、これ……！」

すさまじい大きさだった。

すさまじい熱さだった。
すさまじい重さだった。
それが、父の生きてきた、あまりにも過酷《かこく》な半生の実感だった。
その螺旋丸は、父そのものだった。
「ここまでにするには……いったいどれだけの……」
涙が出てきた。
止まらなかった。
哀《かな》しみでも怒《いか》りでもない。
熱い熱い、一人前の男が流す涙だった。
「！」
サスケが、裂帛《れっぱく》の気合とともに走る。
その手には千鳥《ちどり》。
「死ねい！」
モモシキが、螺旋丸を繰《く》り出《だ》す。
千鳥ごとサスケを葬《ほうむ》ろうというのだ。
が、そのとき。

「負ける気がしねェ……」

サスケとボルトの位置が入れ替わっていた。

輪《りんね》廻眼《がん》である。

「芸のない……!! わが糧《かて》にしてくれる!!」

が、それはモモシキの予測の内にあった。

巨大な螺旋丸を吸収すべく、手を伸ばす。

しかし。

「!」

ボルトの姿が、ふたたび消えた。

モモシキの背後に、ボルトが現れる。

サスケだ。

サスケは一手先を読み、さらにモモシキの背後を取るべく、ボルトを輪廻眼で跳躍《ちようやく》させたのだ。

げに恐ろしきは、策士《さくし》の技《わざ》である。

「うおおおおおお!」

ボルトの手にした巨大な螺旋丸が、モモシキに迫《せま》る。

「く！」

モモシキも、その攻撃を真《ま》っ向《こう》から受け止めた。

ふたつの螺旋丸がぶつかり合う。

父の力を得た男と、父を食らった男。

その激突は、周囲の岩を砕《くだ》き、大地を裂いた。

永遠に続くかと見えた衝突の末、ついに、互いの螺旋丸が、消える。

「ハ……ハハ……相討《あいう》ちか！　だが、お主《ぬし》らにチャクラはもはやあるまい！　螺旋丸とて無限に使えるわけではないのだ！　後は吸い取った術で……！」

モモシキが哄笑《こうしょう》した。

いや、哄笑したつもりになっていた。

彼の意識が、白くなる。

消えた、と見えたボルトの螺旋丸が、モモシキを呑《の》み込《こ》んだ。

彼は読み違えたのだ。

ボルトの繰り出した螺旋丸は、ナルトの螺旋丸ではない。

父は、それに力を貸しただけだ。

あくまで、これはボルトの技なのだ。

だからこれは、ボルトの勝利だった。

うずまきボルトは、やりとげたのだ。

＊　＊　＊

朝日を前に立つボルトの背中を見ながら、ふたりの男は、少し笑った。

「……今度の勝負はオレの勝ちだな」

「……ん？」

「……忍《しのび》の本質は変わらない……お前のガキだとしてもな」

ナルトはもう一度、息子《むすこ》を見た。

自分と同じ、ボロボロの服を着た、背中だった。

（ボルト……そうだよな……オレは父ちゃんのときとは違う……今ここにいる火《ほ》影《かげ》だ。だからこそお前の成長を見守っていける……これからも）

終章

あれから、数日が経《た》った。

朝の光の中で、ボルトはいつものようにゲームをやっている。

新規キャラクター、レベル1からだ。

かたわらでは、まだ包帯の取れていない母が、ボルトの服を繕《つくろ》っている。あの戦いで、サラダをかばってボロボロになった服だ。

その側《そば》には、新聞を読んでいるナルトがいて、じゃれつくヒマワリの相手をしている。

「……かーちゃん。それ、そのままでいい」

「え？」

「それが、かっけーんだ」

ゲームの中のボルトがやられた。ゲームオーバー。まあ、こんなものだ。

次は、シカダイたちに頭を下げて、レベル上げ《パワーレベリング》につきあってもらおう。

「かーちゃん上着！　もう行ってくっから！」

ボルトは破れた上着を受け取り、家を出ていった。

ヒナタはとてもとても満足そうに、その後ろ姿を見送った。

＊　＊　＊

いつもどおりの出勤風景。

いつもの道。

けれど、ボルトの中では、何もかもが変わっていた。

「ボルト、これから任務か？」

追ってきたナルトが、笑いかける。

「ウン……父ちゃんも、仕事頑張れよ」

素直《すなお》に、そう言えた。

「おう！」

ふたり、同時に拳《こぶし》を出し、グーをこつん、とぶつけ合う。

そして、それぞれの方向へと跳躍《ちょうやく》し、去っていく。

それだけのことが、ひどく嬉《うれ》しかった。

＊＊＊

中忍《ちゅうにん》試験の仕切り直しは、困難を極《きわ》めた。

モモシキとキンシキの正体については引き続きサスケに調査させるとしても、今一度最終試験からやり直し、試験官などの面子《めんつ》を揃《そろ》えるだけでも、すさまじい苦労だった。

「中忍試験仕切り直しでさすがにめんどくせーよ。今度こそ家に帰れねーぞ」

火影《ほかげ》室の真ん中で、シカマルは公然と面倒そうな顔をして、タバコをふかした。

「カタスケの処分もようやく決まったしよ。ま、降格と懲罰《ちょうばつ》……妥当《だとう》なとこだわな。心を入れ替えたら、連中にも働いてもらう。楽はさせねーぞ。コキつかってやる」

「その間は下忍《げにん》たちにもしっかり任務をしてもらわねーとな！」

ナルトはびっしりと予定の書き込まれたスケジューラを確認し、ニシシ、と笑った。

「ところで……よく考えたら……オレってば火影で長《おさ》なんだから……火影の有休自分で決めちゃっても……いいよな？」

「……お前……人の話聞いてたかよ……？」

シカマルがあきれ顔で、タバコの煙を吐き出した。

「……やっぱダメか……？」

「二日だけだぞ」

シカマルとしては、大サービスだった。

＊＊＊

『……つまりちゃんと教わっていくことだってばさ』

かたわらのテレビには、ボルトが映《うつ》っている。

あれ以来、ボルトは若いヒーローだった。世の中は勝手なもので、あのブーイングもどこへやら、罪《つみ》を償《つぐな》うべくみずからの身を投げ出し、正体不明の侵略者に立ち向かった若い英雄を皆がもてはやしていた。

『すると、下忍《げにん》でありながら五影《ごかげ》とともに忍《しのび》の世界の危機を救う一因となった理由はそこにあったと？』

ボルトはえらそうにうなずいた。美人のキャスター相手で、照れているのだろう。そこはまあ、わかる。

『忍にとって最も大切なものは何だと思いますか？』

『チームワークと根性!』

『ほう! すばらしい』

『って父ちゃんが言ってたけど……』

ボルトがニシシ、と照れ笑いをした。シカマルが「お前とそっくりだな、あのノリ」と言ったが、そこは聞き流す。

「そこは父ちゃんじゃなく火影様か七代目だ! まったくわかって――」

画面の中のボルトが、指で頭を指《さ》した。

『……ここだけじゃなくて……』

ボルトが自分の体、破れた服を親指で指した。

(ア……)

ナルトはようやく、自分の言葉が伝わったことを悟《さと》った。

『体にわからせてなんぼのもんだって』

『なるほど。では最後に中忍《ちゅうにん》試験再開の意気込みを!』

『今度こそやってやるってばさ!!』

画面の中のボルトが、小さな螺旋丸《らせんがん》を輝かせてみせた。

＊＊＊

火影岩《ほかげいわ》の上から、ボルトとサラダ、それにミツキは里を見下ろしていた。

もうすぐターゲットを木《こ》ノ葉《は》丸《まる》が追い込んでくることになっている。

「あれから人気者で取材にテレビに、忙しそうだね、ボルト」

ミツキの言葉に嫌味《いやみ》の色はない。まあ事実を告げているだけだ。

「ズルしたくせに……」

じとー、とサラダがボルトを横目でにらみつける。こんなことなら自分も門に飛び込み、父を助ければよかった、と何度聞かされたかわからない。

「それについてはもう何回も謝《あやま》っただろ、カンベンしてくれよ！」

街頭テレビの中のボルトがボン！　と消える。

「影分身《かげぶんしん》……こっちがオリジナルでしょうね!?」

「ったりめーだろ！」

「今度はうまくやってくださいよ、ふたりとも。ボルト、君は七代目の息子《むすこ》で四代目の孫で……」

「……ねえ……ボルト」

その言葉に思うところがあったのか、サラダがじっ、とボルトを見た。

「アナタも火影に……」

「オレは火影に……」

「火影に？」

サラダの目が、ボルトを見つめている。

今度は、臆《おく》しない。恥じるところもない。

ようやく、自分がどうなりたいのか、わかってきたからだ。

彼女に胸を張れる、自分であるために。

「ならねェ！」

「え!?」

「!?」

サラダはもちろん、ミツキまでもが目を剝《む》いた。

「ただ――お前が火影になったらオレがサポート役だ……しっかり守ってやんよ！」

サラダが真《ま》っ赤《か》になった。

「え、え、え？」

「オレにとっちゃ、火影はただのレールだ。じいちゃんと父ちゃんが火影だからって同じ道を行くことはねーってばさ！」

ボルトは、えへん、と彼の足の下にある父の顔、そして側《そば》にそびえる祖父の顔を見た。

「サラダ……オレが目指《めざ》すのは、お前の父ちゃんみてーな忍《しのび》だ！　オレはオレの忍道《にんどう》をいってやる!!」

ボルトの瞳《ひとみ》は碧《あお》く輝いていた。

青空と同じ色だった。

サラダはずっと、その目を見つめていた。

＊　＊　＊

サスケはふたりの様子《ようす》を確認すると、サクラにしか見せない優しい笑顔を作って、また、闇《やみ》の中に消えていった。

＊　＊　＊

「仲いいね……君たち……ボクの親もリスペクトしてくれるとありがたいけどね」

ミツキはじゃれ合うふたりに飽《あ》きたのか、今度こそ皮肉げにそう言った。

「そういや、お前の親って誰だか聞きそびれてたな……いったい誰なんだよ？」

「あれ？　言ってなかったっけ？」

ミツキは首をかしげた。

「……大蛇丸《オロチまる》っていうんですが」

「!!」

サラダの顔色が変わった。

それはそうである。うちはの家にとっては、因縁《いんねん》浅からぬ名だ。

「誰？」

ボルトだけが取り残されていた。

「……えっと……あの大蛇丸の子供……ってこと？」

「はい」

「それは……パパ？　それともママのほう？」

「は？」

完全にボルトが取り残された。

「まあ、そんなのはどうでもいいことなんだけど」

ミツキだけが、しれっ、と流す。

「だから大蛇丸って誰だよ!?　それにどうでもいいってどーゆーことだってばさ!?」

「まあまあ。ほら、来たよ」

＊＊＊

大通りでは、凶暴なクマパンダが暴れ回り、囮《おとり》の木ノ葉丸に釣られて食いつき……というより、追い回していた。

「動物園からパンダが脱走して暴れてるぞォー!!」

「イヤ、アレはクマだろー!!」

阿鼻叫喚《あびきょうかん》である。

「行くよボルト、ミツキ!」

「オウ!!」

「うん!」

三人が飛んだ。

未来へ向かって。
誰も決めていない、彼らの未来へ向かって。

■初出
BORUTO -NARUTO THE MOVIE- 書き下ろし

この作品は、2015年8月公開劇場用アニメーション
『BORUTO -NARUTO THE MOVIE-』
（脚本・岸本斉史）をノベライズしたものです。

[BORUTO -NARUTO THE MOVIE-]

2015年8月15日 第1刷発行
2015年9月22日 第3刷発行

著 者／岸本斉史 ◉ 小太刀右京

編 集／株式会社 集英社インターナショナル
〒101-8050 東京都千代田区一ツ橋2-5-10
TEL 03-5211-2632(代)

装 丁／西山里佳［テラエンジン］

編集協力／添田洋平［つばめプロダクション］

編集人／浅田貴典

発行者／鈴木晴彦

発行所／株式会社 集英社
〒101-8050 東京都千代田区一ツ橋2-5-10
TEL 03-3230-6297：編集部 03-3230-6080：読者係
03-3230-6393：販売部（書店専用）

印刷所／共同印刷株式会社

Printed in Japan ISBN978-4-08-703373-1 C0093